I0555645

LEICHEN-SCHATTEN

PETER BRAND

WIEKEN-VERLAG

Die Deutsche Nationale Bibliothek verzeichnet diese Publikation in der Deutschen Nationalbibliographie;
Detaillierte bibliographische Daten sind im Internet über http://dnb.d-nb.de abrufbar.
Bilder (c): Rose: ClkerVectorImages – pixabay.com, Leiche: Geralt – pixabay.com, Tropfen: OpenClipartVectors – pixabay.com, Silhouette von Rosenheim: FUGE Freiburg — Fotolia.com
Smiley: OpenClipartVectors – pixabay.com
Titelgestaltung: Martina Sevecke-Pohlen

Wieken-Verlag Martina Sevecke-Pohlen Fenderstr. 1, 26817 Rhauderfehn info@ wieken-service.com

ISBN Buchhandel 978-3-943621-52-5 ISBN Amazon 978-3-943621-51-8 ISBN E-Book Kindle 978-3-943621-53-2 ISBN E-Book EPUB 978-3-943621-54-9

Dies ist eine fiktive Geschichte. Handlung und Personen sind frei erfunden. Ähnlichkeiten zu lebenden oder verstorbenen Personen oder zu realen Ereignissen sind zufällig.

Inhalt

Jeder ist ein Mond und hat eine dunkle Seite, die er niemandem zeigt.

(Mark Twain)

Eis

(Mittwoch, 13. Februar)

Auf dem kalten Boden kauerte er in der Dunkelheit. Hart und glatt fühlte sich die Wand an, die seinem Rücken Halt gab. Seine Finger würden ihm sicher bald abfrieren. Und sein Arsch auch.

Er spürte, wie die Luft vor seinem Mund zu Eis gefror. Oder kam es ihm nur so vor? Okay, es war Winter. Aber waren die Winter nicht immer wärmer geworden in den letzten Jahren? Wann war es zuletzt wirklich so kalt, dass sich selbst sein Magen wie mit Eiswürfeln vollgepackt anfühlte? Als er ein junger Mann war vielleicht. Damals hatte ihm die Kälte nichts ausgemacht. Die viel besagte jugendliche Hitze hatte optimal gewirkt, um beim Fummeln im frostigen VW-Käfer seinen Mann zu stehen. Jetzt verlor er bei jeder Schlotterzuckung Urin, der an seiner Hose festfror. Der vereiste Stoff klebte an seinen Schenkeln und bewirkte so etwas wie Gefrierbrand auf seiner Haut.

Ein tiefer Atemzug genügte, dass seine Nase sich anfühlte, als hätte sie einen geschleuderten Schneeball abgekriegt. Der Reiz ließ ihn einen Moment klar werden. Wo war sein Rettungsanker? Sein Handy?

Seine Handgelenke waren mit einem Kabelbinder zusammengeschnürt worden. Wenigstens nicht auf dem Rücken. Wahrscheinlich arbeitete ein Betäubungsmittel in seinen Adern. Niemand musste befürchten, er würde die Kraft aufbringen zu fliehen. Trotzdem hatte man auch seine Füße an den Knöcheln aneinandergefesselt.

Mit den verschnürten Händen strengte es ihn unheimlich an, seine nähere Umgebung zu ertasten. Er musste doch erkunden, wo er war! Jedes Mal, wenn er glaubte, in der Dunkelheit etwas Vertrautes gefunden zu haben, raubte ihm die Taubheit in seinen Fingern die Gewissheit. Doch. Jetzt. Über seiner rechten Schulter: ein Lichtschalter?

Ohne wirklich zu wissen, was für Folgen es haben würde, wenn der Kippschalter so nah an seinen Schläfen nicht fürs Licht bestimmt war, drückte er zu. Es folgte ein Geräusch wie von einem Tropfen, der in klares Wasser plumpste. Zaghaft flackerten Leuchtstoffröhren auf und schickten ein schwaches, für den ersten Augenblick dennoch grelles Licht in den Raum. Er blinzelte mit vor Reif weißen, schweren Wimpern. Regale, dicht beladen mit allen möglichen Verpackungen für Lebensmittel, offenbar Tiefkühlwaren, formierten sich vor seinen Augen wie Reihen aus Wolkenkratzern. Die Zwischenräume erinnerten ihn an die kerzengeraden Straßenschluchten von New York. Nur, dass keine Autos die Fahrbahnen verstopften.

In der Ferne, am Ende einer der Regalstraßen, hing eine Schweinehälfte mit dem Kopf nach unten von der Decke. Ein Schwein? Aus dem als Aufhängung benutzten Hinterlauf des Schweins ragte ein Fleischerhaken, der wiederum das Ende einer Kette darstellte. Die Kette selbst lief über eine Rolle an der Decke und verlor sich im hinteren Ende in diffusem Licht.

Er war so entsetzlich müde. Erfrieren heißt: einschlafen. Er wehrte sich mit aller Macht dagegen. Wie war er hierhergekommen? Welche letzte Erinnerung konnte er in seinem halbgefrorenen Hirn aufrufen? Da war nichts. Und das halbe Schwein dort? War es überhaupt eine tote Sau? Die grau-rosa Hautfarbe stimmte. Bewegte sich das aufgehängte Tier? Die Kette ratterte über die Rolle und machte ein Geräusch wie ein fahrender Zug. Er konnte Details erkennen, glaubte, die borstigen Wimpern des Schweineauges flatterten wie Schmetterlinge. Zwinkerte das tote Tier? Wollte es ihn verarschen? Vermutlich spielte ihm das Licht-Schatten-Spiel einen Streich. Jemand ließ die halbe Sau an der Kette über die Regalstraße schweben. Auf ihn zu!

Mit letzter, schwacher Entschlossenheit wehrte er sich gegen die Müdigkeit. Er merkte, wie seine Augenlider aneinander froren und zu Eis wurden. Das Licht erlosch. Wer schaltete es aus?

Nur noch schlafen … Ausruhen …

SEPP
(Neun Tage zuvor, Montag, 04. Februar)

„Scheiß Februar!“, schimpfte Sepp auf den für ihn schlimmsten Monat im Jahr, weil er dann nur 28 Tage Zeit zum Jammern hatte. Ein Fünfzigerschein, den er blöderweise zwischen die Kontoauszüge vom Vorjahr gelegt und dort vergessen hatte, ging soeben im Kaminofen gemeinsam mit alten Papieren in Flammen auf.

„Zefixsakrament!“

Wenn jemand dem Sepp beim dauernden Fluchen zuhörte, konnte er meinen, der sei ein rechter Kotzbrocken, und läge damit richtig. Genau wie seine Nachbarn, die sich immer wieder über den Alten beschwerten, weil er mit dem Ton seines Fernsehers die Fensterscheiben zum Klirren brachte.

Im Sommer, wenn der Ofen aus blieb, wäre ihm das mit dem Geldschein nicht passiert. Außer er hätte die Papiere in die Mülltonne geworfen. Sie zum Sammelcontainer zu bringen, stand für ihn nicht nur wegen der Zeitverschwendung außer Frage. Er saß im Rollstuhl und kam trotz Personenaufzug im Haus nicht mehr so oft raus.

Jemand wusste das.

Statt für ein paar Maß Bier und mindestens eine gescheite Brotzeit herzuhalten, drohte der Fünfziger wie eine Sternschnuppe zu verglühen. Sepp rollte noch näher vor den Kaminofen und schnappte sich einen der beiden Schürhaken. Seine geschwollene Nase und seine apfelroten, fleischigen Backen glänzten im Feuerschein. Mit dem Schürhaken versuchte er zu retten, was zu retten war. Wütend stocherte er in der Glut. Funken stoben auf. Der gut ziehende Ofen saugte sie wegen der offenen Tür wie ein kräftiger Staubsauger nach oben in den Kamin. Sepp war so auf die sinnlose Rettung des Geldscheins fixiert, dass er den Schatten nicht bemerkte, der plötzlich über seinen Rücken fiel. Der zweite Schürhaken durchbohrte von hinten seinen Hals. Ein Schwall Blut schoss aus seinem Mund. Jemand zog den Rollstuhl unter seinem Hintern weg. Eine gewaltige Kraft drückte seinen Kopf in die lodernde Brennkammer. Allmählich roch es im Raum nach verbranntem Schweinsbraten.

1. Der Detektiv

Michael Warthens schaute aus dem Fenster und dachte: aha, der Sepp heizt ein. Besonders kalt war es zwar nicht für Februar, aber viele ältere Menschen besaßen ein anderes Temperaturempfinden. Starker Rauch quoll aus einem der Kamine des Wohnblocks auf der anderen Straßenseite. Michael wusste, der zweite von links war der für Sepps Kaminofen. Vielleicht sollte er den alten Brummbär mal wieder besuchen. Sepp war zehn Jahre älter als Michael, 67, und er lebte allein.

Michael konnte den Sepp gut leiden, weil der trotz seiner rauen Schale ein ganz patenter Kerl war. Vor ein paar Jahren hatte Sepp Michaels Tante Berti beim Möbelaufbau im Margarethen-Hof geholfen. Aber sonst motzte er dauernd wegen irgendwas und stand unter Dampf, als wäre er eine Weißwurst in der Mikrowelle – kurz vorm Platzen. Vielleicht war es der Bluthochdruck, der ihn bald nach seiner Mithilfe in Bertis Apartment in den Rollstuhl gezwungen hatte. Schlaganfall. Aber gelernt hatte der Falterer-Sepp nichts daraus. Noch auf der Reha hatte er sich mit sämtlichen Therapeuten, Pflegern und Schwestern dermaßen angelegt, dass er früher als geplant nach Hause entlassen wurde.

Irgendwas stimmte nicht mit dem Rauch, der aus Sepps Kamin quoll. Michael öffnete sein Küchenfenster. Leichter Wind trug pechschwarze Schwaden in seine Richtung. Merkwürdig bitter-süßer Geschmack beizte sich schon beim ersten Atemzug in seine Nase, nicht wie üblich der speckige Geruch von Ruß. Was hatte Sepp da nur wieder in seinen Ofen geworfen? Plastik? Nein, das stank ganz anders zum Himmel.

Seit zwei Jahren arbeitete Michael Warthens selbstständig als Privatdetektiv. Außerdem war er von Natur aus neugierig. Jetzt mischte sich in seinen Hang zur Wahrheitsfindung die Befürchtung, es könnte etwas Schlimmes passiert sein. Der in der Luft wabernde Gestank roch buchstäblich nach Katastrophe!

Michael riss seine Jacke vom Kleiderhaken, lief die Treppe hinunter und rannte auf die Straße. Dort war der Rauch nicht ganz so penetrant wahrzunehmen. Trotzdem spürte Michael das Kitzeln in der Nase und den leichten Würgereiz im Hals, den der Geruch bei ihm auslöste. Schweinefleisch. Grillte Sepp etwa in der Wohnung? Im Februar? Sepp würde kräftigen Ärger bekommen, wenn andere Nachbarn sich wieder über sein seltsames Heizverhalten beim Vermieter beschwerten. Vor ein paar Wochen roch es mal dermaßen übel nach verbrannten Autoreifen in der Umgebung, dass jemand die Polizei und die Feuerwehr geholt hatte. Sepp hatte die alten Reifen seines Rollstuhls ins Feuer geworfen, wütend über den Karren, der ständig Luft verlor. Danach ließ er Vollgummireifen aufziehen.

Michael klingelte Sturm bei Falterer, aber Sepp reagierte nicht. Er versuchte es bei Özgül. Gleich darauf summte der elektrische Türöffner, und er zog die schwere Haustür auf. Der Luftzug trieb starken Brandgeruch durchs Treppenhaus. Feuer! Bilder von züngelnden Flammen, Erinnerungen an Sirenengeheul und unheimlich lautes Knistern schossen in Michael auf, als hätten sie nur auf so einen Auslöser gewartet, um die Angst wieder zu erwecken.

Frau Özgül, die ihre Wohnungstür im Parterre einen Spalt breit geöffnet hatte, wich vor dem beißenden Geruch zurück, schlug sich die Hand vor den Mund und schaute Michael ängstlich an.

Es kostete ihn seine ganze Überwindung, ruhig zu bleiben.

„Entschuldigung, Frau Özgül, ich wollte eigentlich zu Herrn Falterer. Aber ich glaube, jetzt brauchen wir erstmal die Feuerwehr."

Hatte er das gesagt? Völlig unaufgeregt? Er drückte den Notrufbutton seines Smartphones und nannte die Adresse.

Lautes Knistern hallte durch den Hausflur, begleitet von ersten Rauchschwaden.

Sepp wohnte ganz oben, und das Feuer breitete sich von dort aus wie eine gierige Bestie. Über die Treppe nach oben zu laufen, das wäre Wahnsinn gewesen. Mit dem Lift, ohne den der Sepp hier nicht hätte wohnen können, ging ebenfalls nichts mehr. *Aufzug im Brandfall nicht benutzen*, las Michael und dachte: macht Sinn.

Während seiner Ausbildung zum Geprüften Detektiv hatte er unter anderem einen Tageskurs bei der Feuerwehr belegt. Ungern zwar, da er Feuer noch nie als seinen Freund betrachtet hatte, weder kontrolliertes im Kamin oder am Grillplatz, schon gar kein außer Kontrolle geratenes. Aber er hatte gelernt, gegen einen solch fortgeschrittenen Brand selbst etwas zu unternehmen, das wäre nicht nur wegen des giftigen Rauchgases lebensgefährlich gewesen.

Am Klingeltableau neben der Eingangstür zu Hausnummer Zwei standen weitere Namen. Michael läutete überall. Außer den Nachbarn von Frau Özgül im Erdgeschoss reagierte niemand. Er hoffte, alle restlichen Bewohner seien ausgeflogen, zur Arbeit, wohin auch immer.

Bange Minuten vergingen, bis Michael die Martinshörner hörte.

Frau Özgül hatte in der Zwischenzeit einen Kinderwagen mit einem erbärmlich schreienden Kleinkind in den Hausflur geschoben. Michael half ihr, ihren Enkel samt Wagen hinauszutragen.

Anschließend übernahm es Oma Özgül, ihre Nachbarn im Erdgeschoss, eine weitere türkische Familie, davon zu überzeugen, es sei endlich an der Zeit, sich die Sache von der Straße aus zu betrachten.

Als die Feuerwehr mit den Löscharbeiten begann, befand sich niemand mehr im Haus. Außer Sepp.

GEHEIM

Das Treffen sollte auf neutralem Boden stattfinden. Zum ersten Mal seit langem würden sie sich wiedersehen. Niemals in den Monaten zuvor hatten sie sich kontaktiert. Weder über Telefon, SMS oder Mail, noch mit Briefen oder gar über soziale Netzwerke. Die Gruppe existierte nicht. Sie blieben allein mit sich, doch ein unsichtbares Band hielt sie zusammen.

Natürlich wussten sie, wer wo in der Stadt lebte, vielleicht sogar wie. Eines Abends wartete einer von ihnen vor dem Haus des anderen, bis der heraustrat und er ihm folgen konnte.

In einer dunklen Ecke der Altstadt sprach ihn der Verfolger mit Namen an. So begann in der schmalen Gasse, von der aus sie die Brücke sehen, aber von keinem anderen Menschen beobachtet werden konnten, erneut eine seltsame Verbindung.

Zwei Abende später trafen sie auch die zwei anderen wieder, die so fest zu ihnen gehörten wie Warzen auf einer Kröte. Ein Plan zur Geheimhaltung nahm Gestalt an, bis einer von ihnen zwei Monate später der Stadt den Rücken kehrte und sich für immer dorthin begab, wo alles begann. Er hätte das schon lange vorbereitet und könnte nicht mehr zurück, bedauerte er. Aber die anderen fanden die Idee gar nicht so schlecht. Schließlich war es sehr schön dort.

2. Der Kriminalhauptkommissar

Michael vermutete, sein Nachbar Sepp sei im Suff unvorsichtig mit dem Ofen umgegangen. Aber als Privatdetektiv konnte er gar nicht anders, als zu versuchen, mehr über die Brandursache zu erfahren. Von seiner Wohnung aus hatte er die weiteren Löscharbeiten der Feuerwehr mit einem Grauen beobachtet, von dem er gehofft hatte, es nicht noch einmal erfahren zu müssen. Die Fälle, die er selbst gelöst oder bei deren Aufklärung er der Polizei geholfen hatte, waren manchmal mit brutalen Tötungen verbunden, mit Unfällen und Unglücken, aber so ein gewaltiges Feuer hatte er nur ein einziges Mal mit ansehen müssen. Es war sehr lange her. Damals war er gerade einmal vier Jahre alt gewesen. Der Widerschein der Flammen an den Hauswänden hatte ausgesehen wie dämonisch tanzende Teufel. Man hatte den Wohnblock evakuiert, und Michael war von seiner Oma in eine Decke gehüllt auf die Straße getragen worden. Das Erlebnis hatte sich tief in sein Unterbewusstsein eingebrannt. Feuer betrachtete er immer mit den gemischten Gefühlen, die den Flammen gebührten: wärmespendend, aber auch höllisch gefährlich. Dass er ruhig geblieben war, als er vorhin den Brand entdeckt und richtig gehandelt hatte, schenkte ihm die Gewissheit, seine diffuse Furcht vor Feuer überwunden zu haben.

Praktischerweise konnte er von seinem Küchenfenster aus zum Hauseingang gegenüber blicken, und siehe da, auch Kriminalhauptkommissar Obermeier interessierte sich für Hausnummer Zwei. Der gedrungene Kommissar im grauen Wintermantel schaute kopfschüttelnd auf ein Blatt Papier, das ihm einer der Feuerwehrmänner kurz zuvor in die Hand gedrückt hatte. Zweimal hatten Kriminalfälle den KHK der Mordkommission und Michael zusammengeführt. War der Brand doch kein Unfall?

Michael machte sich auf den Weg über die Straße.

Dem Kommissar würde es natürlich nicht passen, dass dieser Privatschnüffler schon wieder an einem möglichen Tatort auftauchte. Aber darauf war Michael vorbereitet.

„Hallo Kommissar", grüßte er Obermeier von hinten.

Der fuhr herum und bekam schlagartig seinen Erregungsausschlag im schwammigen Gesicht. Das waren feine, sich bei Aufregung dunkelrot verfärbende Äderchen auf den rosigen Wangen. Im Augenblick sahen sie aus wie die von Kanälen durchzogene Marsoberfläche.

„Warthens!", entfuhr es dem gebürtigen Oberfranken. „Allmächd na, das hätt' ich mir ja denken können."

„Ich auch. Ich wohne da nämlich", erklärte Michael schlicht und zeigte auf das Haus gegenüber.

Obermeier tat, als würde er sich seinem Schicksal ergeben: „Und? Haben Sie was zur Aufklärung der Brandursache beizutragen?"

„Nur, dass kurz vor dem Brand Rauch aus dem Kamin kam, zuerst weißlich, dann schwarz. Hat der Sepp …?"

„Moment", unterbrach ihn der Kommissar, „welcher Sepp?"

„Josef Falterer, ein älterer Herr, der im Rollstuhl sitzt."

Zwei Herren in weißen Einmal-Overalls trugen einen Aluminium-Sarg aus dem Haus und verstauten ihn im Heck eines Polizei-Transporters. Dahinter schleppte ein weiterer Mann im Overall ein in Klarsichtfolie eingewickeltes, verkohltes Gestell, das an einen Rollstuhl erinnerte. Er packte es in den Laderaum eines zweiten Transporters.

Sepp hatte das Feuer also nicht überlebt. Obwohl er lange nicht mehr eine Kirche von innen gesehen hatte, deutete Michael ein Bekreuzigen an. Konnte ja nicht schaden.

„Dann ist er das", sagte Obermeier trocken, „oder vielmehr das, was das Feuer von ihm übriggelassen hat. Kannten Sie ihn, Warthens?"

Michael regte sich schon lange nicht mehr darüber auf, dass der Kommissar ihn nicht mit *Herr* Warthens ansprach. Er selbst grüßte den Hauptkommissar dafür auch nur mit *Kommissar* ohne das Wörtchen *Herr*. Ob Obermeier das ärgerte, hatte Michael nie wirklich festgestellt. Also blieben sie beide bei den leicht respektlosen Anreden.

„Nicht besonders gut“, beantwortete er die Frage des Kommissars. „Meiner Tante – sie wohnt im Margarethenheim – hat er mal geholfen, ein paar Möbel zu tragen.“

„Im Rollstuhl?“ Der Kommissar hob eine seiner, mit wenigen Härchen ausgestatteten Brauen und schaute Michael mit zweifelndem Blick an.

Michael klärte ihn auf: „Damals saß er noch nicht drin. Ich weiß nicht mal, woher die sich kannten, meine Tante Berti und der Sepp.“

Kommissar Obermeier brummte mürrisch in sich hinein. Vernehmbarer sagte er: „Sie haben die Feuerwehr gerufen, gell?“

Michael stutzte.

„Woher wissen S’ denn das?“

„Aus den Nachrichten.“ Obermeier versuchte ein Grinsen, was bei ihm beinahe aussah, als hätte er Zahnweh. „Von der Feuerwehr natürlich.“

Er wedelte mit dem Zettel in seiner Hand vor Michaels Nase herum.

„Die Namen der Hausbewohner und Ihrer stehen auf den Informationen des Einsatzleiters über den Vorfall.“

„Und?“, bohrte Michael. „Steht da auch drauf, wie’s zu dem Brand kam?“

Obermeier schniefte auf und schlug den Kragen seines Mantels hoch. Wind pfiff plötzlich durch die Straße und wirbelte allerlei Müll auf. Eine Plastiktüte blähte sich auf und tanzte wie von Geisterhand bewegt über den Gehweg. Der Windhauch fühlte sich flauschig an. Wieder einmal kam Föhn auf in Rosenheim.

„Warthens, Warthens!“ Fast hochmütig amüsiert schüttelte er seinen rundlichen Kopf. „Sie sollten doch wissen, dass ich Ihnen keine Insider-Infos geben darf. Und Sie als Detektiv sollten sich auch denken können, dass erst einmal die Brandermittler dran sind, bevor so etwas feststeht. Wir, und wir sind immerhin die Polizei, müssen auch erst auf deren Bericht warten.“

Da war sie wieder, Obermeiers herablassende Art dem Privatschnüffler gegenüber. Michael wusste nur zu gut, meistens war sie nur schlecht geschauspielert. Schließlich hatten sie bereits einigen Straftätern und Mördern auf die Finger geklopft und sie dingfest gemacht, immer irgendwie gegeneinander und doch gemeinsam. Auch diesmal schätzte Michael Obermeiers provozierende Art richtig ein. Er musste ihm nur in die wasserblauen Augen schauen und erkannte die versteckte Aufforderung: „Schaust halt, was du selber rauskriegst, wennst den Sepp schon gekannt hast".

3. Verwandtschaft

Weil der Wecker penetrant laut piepste, schreckte Michael am nächsten Morgen auf. Immer wieder waren die Bilder des Feuers in seine Träume gedrungen und hatten ihn aufschrecken lassen. Und nun piesackte ihn auch noch das Miststück von Wecker. Er tappte mit der Hand in die Richtung, aus der die Töne kamen, stieß den Wecker vom Nachtkästchen, die Batterien verabschiedeten sich aus dem Gehäuse, und es herrschte wieder herrliche Ruhe.

Auch gut, dachte Michael und orientierte sich. Dienstagmorgen. Warum hatte er den Wecker gestellt? Wenn er das je wieder tun würde, aus welchem Grund auch immer, würde er sein Smartphone mit sanften Klängen als Weckdienst programmieren.

Die Erkenntnis kam blitzartig: Tante Berti! Sch …!

Sie musste um Acht zum Arzt, und anschließend, wenn sie früh genug fertig war, zum Senioren-Yoga. Michael hatte nicht gewusst, dass es so etwas überhaupt gibt. Egal. Jedenfalls war Eile angesagt.

Zehn Minuten später startete er seinen schwarz-weißen Smart und gab Gas. Sieben Uhr fünfundvierzig. Er, und damit auch Tante Berti, würde zu spät kommen. Michael tröstete sich bei dem Gedanken an das baldige Gekeife seiner alten Tante damit, dass sie beim Arzt sowieso frühestens um Neun dran kam, auch wenn sie um Acht einen Termin hatte. Inzwischen konnte er gepflegt frühstücken gehen. Kaffee hatte er vorhin zeitsparend gestrichen.

Das Margarethenheim, wie er es nannte, hieß eigentlich Margarethen-Hof und bot Betreutes Wohnen an. Michaels Tante Berti, eine ehemalige Sennerin, fühlte sich nicht wirklich wohl in ihrem eigenen kleinen Apartment dort. Ihr fehlten die Bergluft und die Weitsicht, hatte sie Michael mal gebeichtet. Ihr Neffe schaute mal mehr, mal weniger nach seiner letzten verbliebenen Verwandten, die sich mit einigen Mitbewohnern inzwischen sogar angefreundet hatte.

Die kleine Frau mit ihrer durch Osteoporose stark gebückten Haltung wartete bereits auf der Straße.

„Dass du heut' noch kommst, mein Lieber", raunzte sie gleich beim Einsteigen.

Michael hatte das erwartet.

„Guten Morgen Tante Berti", leierte er ihr entgegen, „wartest schon lang?" Er wusste, das war eine blöde Frage.

Prompt kam die Antwort: „Naa, erst seit einer halben Stund'. Aber wir ganz Alten haben ja Zeit, was?"

„Ah geh, Tanterl."

Tanterl hörte sie gar nicht gern, und Michael bereute seine Worte in dem Moment, als ihn der Gedanke an den gestrigen Wohnungsbrand wieder einholte. Er hätte sie gerne nach Sepp gefragt, aber Berti hielt beleidigt den Mund. Ihre sonst so sanften braunen Augen, die in ihrer ganzen Familie, also auch bei Michael, vorkamen, stierten nicht ganz so sanft nach vorne.

„'tschuldige, liebe Tante!", buckelte er. „Beim Doktor musst ja auch ewig warten, bis du drankommst. Aber was anderes: hast du den Falterer-Sepp näher gekannt?"

Auf dem Beifahrersitz verschränkte Berti ihre Arme. „Wieso *hast du kennt*? Den kenn ich immer noch", brummte sie.

„Schon. Aber gestern – also, er ist nimmer."

„Ist er g'storben?" Berti schaute weiter stur geradeaus.

Michael bremste an der letzten roten Ampel vor dem Ärztehaus.

„Kann man so sagen. Brennt hat's in seiner Wohnung, und er hat es nicht überlebt."

„Naa!" Jetzt sah sie ihren Neffen doch von der Seite an, als ob er einen schlechten Scherz gemacht hätte. „Du spinnst!"

„Eben nicht. Mit sowas tät ich net scherzen, das darfst mir glauben. Woher habt ihr euch eigentlich kennt?"

„Mei, er hat sich damals, als er nach Rosenheim zogen ist, auch im Margarethen-Hof umg'schaut. Mich hat er zufällig vor der Tür gesehen und gleich ausg'fragt, wie's ist da drin. Aber ich bin ja g'rad einzogen gewesen und hab ihm noch nicht allzu viel darüber sagen können. Irgendwie ist er mir bekannt vorkommen. Sympathisch war er mir auch. Na ja, wir sind sicher mehr als zehn Jahre auseinander, altersmäßig. Ich als alte Schachtel hätt da g'wiss nix zum Abbeißen g'habt bei dem."

Die Ampel schaltete auf Grün.

„Hätt' der dir gefallen?"

„Schon. Uns ist nämlich damals eingefallen, dass wir uns eigentlich schon vorher mal gesehen haben. Er ist dann zwar nicht einzogen, in den Margarethen-Hof, aber bei der neuen Einrichtung hat er mir g'holfen – aber das weißt du ja, warst ja auch dabei."

Michael legte eine Ehrenrunde ums Ärztehaus ein. Nach der zweiten wurde ein Parkplatz in der Nähe frei. Auch Michaels Kopf war nun frei für eine Frage, die er seiner Tante stellen musste: „Und wo habt ihr euch schon mal gesehen, bevor ihr euch am Heim getroffen habt?"

„Auf der Landesgartenschau. Da sind wir an einem Tisch an so einem Catering-Dings zusammen gesessen, weil so wenig andere frei waren. Er war, glaub ich, net allein da, aber die anderen sind derweil zu einer Show auf einer Bühne irgendwo im Mangfallpark gangen. Wir sind halt gut ins Gespräch kommen. Er war damals aber noch kein Rosenheimer, glaub ich. Jetzt muss ich aber ..."

„Hast dein Handy dabei?"

„Warum?"

„Dass du mich anrufen kannst, wenn ich dich wieder abholen soll."

„Bleibst du net da stehen?"

„Höchstparkdauer eine Stunde, Tanterl. Das langt bestimmt nicht!"

„Ja, i hab's dabei."

Der Sepp war also 2010 als Besucher auf der Rosenheimer Landesgartenschau. Aber er wohnte noch nicht in Rosenheim. Demnach war er frühestens 2011 oder 2012 zugezogen. Als Michael mit ihm die Möbelteile in Bertis Apartment trug und sie dort zusammenschraubte, war das Anfang 2012. Da musste Sepp also schon in

Rosenheim gewohnt haben. Als Michael ihn dann in seiner Straße getroffen hatte, war ihm klar geworden, dass Sepp gegenüber eingezogen war. Sie hatten darüber gelacht, welche Zufälle es doch gab. Nicht lange darauf hatte Sepp plötzlich das Fahren mit dem Rollstuhl lernen müssen. Er war komisch geworden, alt und grantig, ging auf die Siebzig zu und telefonierte nur noch selten mit Berti.

Was, wenn sein Tod kein Unfall war?

Michael schüttelte den Gedanken aus seinem Kopf und genoss die erste Tasse Kaffee des Tages im Café Weth, gleich neben der Nikolauskirche. Die Turmuhr schlug Neun. Er hatte also sicher noch Zeit, bis er seine Tante wieder abholen und zum Yoga fahren konnte. Senioren-Yoga. Michael grinste. Was die da wohl machten? Verrenkungen, bei denen alle Knochen knackten? Knack-Yoga sozusagen, mit Übungen, die vielleicht „Der Knallfrosch" hießen?

So ein verspäteter Morgenkaffee, dachte er zufrieden, hebt die Laune erheblich.

GEHEIM II

Einer war also fort aus der Stadt. Die anderen drei trafen sich weiterhin einmal im Monat in der Nähe der Brücke, wo die Altstadt seit Jahrhunderten zahlreiche schmale Gässchen und dunkle Winkel besaß. Zwischen manchen Häusern der engen, verwinkelten Wege konnte man meinen, man sei in irgendeiner Stadt Italiens, besonders, wenn warmer Wind aufkam, man nach oben blickte und die Wäsche an den Leinen flattern sah. Viele alte Leute wohnten dort seit Jahrzehnten und mussten wenig Miete bezahlen. Wenn einer von ihnen in ein Pflegeheim musste oder starb, wurden die Wohnungen durch einen oder mehrere der zahlreichen Studenten ersetzt, die wegen der Uni die Stadt bevölkerten und den Altersdurchschnitt der Einwohner erheblich nach unten und die Mieten nach oben bewegten.

Drei dieser Einwohner aber schmiedeten einen Plan, während sie, manchmal wie mittelalterliche Mönche mit tief ins Gesicht gezogenen Kapuzen, flüsternd durch die Altstadtgassen schlichen. Ihr viertes Glied in der Kette war nicht mehr in der Stadt. Immer mehr schälte sich in den Gesprächen der anderen drei heraus, Auswandern könnte auch für sie in Frage kommen.

Nach und nach realisierten sie ihren Plan. Sie mussten ihn nur mit ihren offiziellen Lebensumständen, ihren Berufen vor allem, abklären.

Ein wenig unverschämt, sogar frech, fand einer von ihnen diese Art des Untertauchens. Doch sie waren für immer zusammengeschweißt und durften sich nie aus den Augen verlieren. Nicht, dass noch einer von ihnen plötzlich redete, absichtlich oder nicht. Wenn sie aus dieser Stadt verschwanden, dann gab es nur eine einzige andere Stadt, wohin sie ziehen würden.

Dorthin, wohin sich auch ihr erstes Mitglied verdrückt hatte. Und das war wahrlich ganz schön frech!

4. Eine Freundin

Michael klopfte an die Scheibe des Cafés. Draußen war soeben Conny vorbeigelaufen, seine seit zwei Jahren beste Freundin, außer seiner Tante vielleicht, aber die zählte ja als Verwandte und auch altersbedingt nicht unbedingt zur Kategorie Freund. Freunde kann man sich aussuchen, Verwandtschaft nicht. Conny gehörte also zu Michaels Ausgesuchten.

Die Frau, die genauso alt wie Michael war, aber erheblich jünger aussah, stutzte wegen Michaels Klopfen und lächelte, als sie ihn drinnen sah. Der Gästebereich befand sich eigentlich im ersten Stock des Cafés, aber er war kurz nach unten gegangen, um an der Kuchentheke der Konditorei ein paar Pralinen zu erstehen, um später seine Tante zu bestechen. Er hoffte, dadurch mehr von ihr über den Falterer-Sepp zu erfahren.

Conny kam ihm im Laden entgegen.

„Ja, Servus!“, tat sie überrascht. Wie immer, wenn sie aus irgendeinem Grund aufgeregt war, leuchteten ihre Sommersprossen im von rötlicher Bob-Frisur gerahmten Gesicht besonders hübsch.

„Hast nichts zu tun, mitten unter der Woche und am helllichten Tag?“

„Meinst, wie früher, gell?“ Michael war schon klar, was sie meinte. Seine Detektei war bis vor einem Jahr nicht ganz nach Wunsch gelaufen. Die Presseberichte über ihn und seine Aufklärungsquote bei spektakulären Fällen aber hatten als kostenlose Werbung für seine Einmann-Detektei sagenhafte Wirkung gezeigt: die häufigen Aufträge reichten nun zum Leben, und ein anderes Auto als seinen alten Smart würde er sich auch bald mal leisten können. Der Laden lief endlich.

Conny schaute sich um.

„Genau. Bist allein da?“

„Ich warte auf Tante Bertis Anruf. Sie ist beim Arzt, und da muss ich sie dann abholen.“

„Immer noch der Sklave einer altgedienten Kuhhüterin?“

„Hö, hö“, machte er, „sie bezahlt mich schließlich oft mit Schmalznudeln und anderen Schmankerln. Da ist nix von wegen Sklave. Hast auch Zeit?“

„Ein bisschen.“ Conny hob die Schultern, über die sie ein orangefarbenes Tuch geschlungen hatte.

Er lud sie auf einen Kaffee ein, sie gingen nach oben an Michaels Tisch. Conny bestellte sich Tee.

Sie müsste in einer halben Stunde bei einer Kundin sein, warnte sie ihn vor.

„Wie machst du das eigentlich?“, fragte Michael sie. Ihm fiel ein, dass er sie das tatsächlich noch nie konkret gefragt hatte. „Tust du da pendeln oder so?“

Conny schaute ernst.

„Wenn du meine Homepage anständig studieren würdest, wüsstest du's. Ja, ein Pendel gehört auch dazu.“

Conny hatte mit ihrer Art des Hellsehens mindestens so großen Erfolg wie Michael mittlerweile mit seiner Detektei.

Seine erste Liebe aus Schulzeiten war ihm bei einer schwierigen Ermittlung zwei Jahre zuvor wieder über den Weg gelaufen. Seitdem hatte sich eine wunderschöne Freundschaft zwischen ihnen entwickelt, locker und ohne erotischen Stress. Sie waren kein Paar und wollten es auch nicht werden, obwohl sie manchmal nah dran gewesen waren. Auf Connys Fähigkeiten konnte Michael immer zählen, wenn er einen Rat zu einem seiner Fälle brauchte. Er konnte gut mit ihr reden, über viele, viele Dinge. Er fand es herrlich.

„Ich muss dir was sagen. Ich wollte es dir zuerst auf WhatsApp schreiben, aber ich weiß ja, wie gern du die angezeigten Messages ignorierst.“

Conny nippte ein wenig verlegen an ihrem Tee. Zu schmecken schien er ihr nicht besonders. Mit dem, den sie zuhause braute, hielt sowieso keine Beutelbrühe mit. Sie stellte das Glas ab.

„Genauso oft, wie du auf meine Homepage schaust?“

Na gut, dachte er, unentschieden. Er erzählte ihr von dem Brand und Sepps Tod. Dass Sepp oft genervt und dadurch nachlässig war, stand fest. Dass der Rollstuhlfahrer durch einen Unfall mit dem Kaminofen ums Leben gekommen war, glaubte er dennoch nicht.

Conny hatte ihn bei seiner Erzählung beobachtet.

„Was denkst du?"

Nachdenklich schaute er an ihr vorbei.

„Irgendwas stimmt nicht. Kommissar Obermeier war da – was macht die Mordkommission an einem Ort, wo kein Mord stattfand?"

„Müssen die nicht kommen, die Gerichtsmedizin zum Beispiel, um einen Mord auszuschließen?"

„Vielleicht hast du recht", gab er nach.

Conny stupste seine auf dem Tischchen liegende Hand an. „He, Mike, frag halt den Kommissar."

Sie wusste von Michaels früheren Fällen, dass der alte Brummbär Michael in Wahrheit ganz gut leiden konnte und ihm manchmal polizeiliche Geheimnisse zu einem Fall verriet, damit Michael sich darum kümmerte.

„Ach Conny. Der sagt doch nix", stöhnte er.

Sein Smartphone spielte *Jingle-Bells*. Seit Dezember hatte er den Klingelton nicht ausgewechselt.

Sein kurzes Rendezvous – oder neudeutsch *Date* – mit Conny fand ein schnelles Ende.

„Michi!", plärrte Berti so laut ins Gerät, dass er sie auch ohne Telefon bis zum Café gehört hätte. „Ich steh schon längst auf der Straß'!"

5. Ein Nachmittag am Dienstag

Das Senioren-Yoga schien Berti gut zu tun. Sie wirkte weitaus entspannter als noch am Morgen. Michael überreichte ihr die winzige Pralinenschachtel, die er im Café gekauft hatte, chauffierte sie anschließend zurück zum Margarethen-Hof und bekam prompt eine Einladung zum Mittagessen. Es war weit nach zwölf Uhr, als Berti in der winzigen Küche mit Kochen anfing und Michael geduldig wartete. Großen Hunger hatte er nach dem ausgiebigen Frühstück nicht gerade, aber er nahm es, wie es kam.

„Kann ich dir was helfen?", fragte Michael pflichtbewusst.

Berti winkte ab.

„Bloß net. Wir hätten ja gar keinen Platz zu zweit am Herd."

„Was gibt's denn?"

„Einen Schweinsbraten g'wiss net."

„Hö, ich wollt nur wissen, was du Schönes kochst, nicht, was es nicht gibt."

„Ist eh schon fertig. Muss ich nur noch aufwärmen."

Es gab Krautwickerl – Kohlrouladen zu sagen hätte Berti nie über die Lippen gebracht – und dazu einen großen Löffel Dotschen-Gemüse. Die dünnen, gekochten Steckrübenscheibchen hatte Berti in einer cremigen Soße ziehen lassen und schmeckten heiß, gerade jetzt im Winter, herrlich.

Berti sah mit Wonne zu, wie Michael das Essen genoss.

„Schmeckt 's?"

„Das siehst ja. Am besten is' das Rüben-Carpaccio."

Michaels Handy spielte *Jingle-Bells*. Er meldete sich mit vollem Mund.

Obermeier! Michael hatte dem Kommissar bei irgendeinem seiner letzten Fälle mal seine Handynummer gegeben. Trotzdem rief er nur an, wenn es wirklich wichtig war, und das war bis jetzt selten.

„Warthens, Sie haben doch erwähnt, dass Sie Josef Falterer näher gekannt haben?"

„Mhm." Michael schluckte eilig einen Bissen hinunter.

Am Nachmittag erwartete ihn der Kommissar im Präsidium. Obermeier hörte sich ernst an. Sehr ernst. Sollte Michael da ein Bitte verlangen?

„Wann?"

„Drei."

Wenn Michael Obermeiers Art nicht genau gekannt hätte, wäre er über den Befehlston dermaßen verärgert gewesen, dass er ihn hätte abblitzen lassen. Aber die Sache mit Sepp hatte anscheinend eine interessante Wendung genommen.

„Geht klar."

Obermeiers karges Büro zierte eine neuerdings wieder modern gewordene Zimmerlinde. Da sonst nichts Buntes den Raum schmückte, fiel Michael die Pflanze mit den großen, sattgrünen Blättern am Fenster sofort auf.

Obermeier blieb sitzen, als Michael ihm über den Schreibtisch hinweg die Hand reichte. Michael wusste, allzu lange würde der KHK seinen Beruf nicht mehr ausüben. Vielleicht schon in diesem Jahr würde er in Pension gehen. Michael ertappte sich bei dem Gedanken, dass er seinen Abgang bedauern würde.

„Was gibt's, Kommissar?"

Obermeier tippte seinen Zeigefinger seitlich an die Nase. Er schien nicht zu wissen, wie er anfangen sollte und räusperte sich.

„Warthens, es ist ja nicht so, dass Sie hier sind, weil ich Sie brauchen würde. Sie sind Zeuge in einem Brandfall."

„Wirklich nur ein Brandfall?"

Obermeier verzog den Mund und schnaufte tief durch.

„Herr Falterer ist getötet worden, bevor seine Leiche verbrannte."

Genau das nicht zu hören, hatte Michael gehofft, geahnt hatte er es freilich. Er versuchte, ruhig zu bleiben.

„Und wie?"

„Die Gerichtsmedizin hatte keine allzu großen Schwierigkeiten, dieses *Wie* festzustellen. Man hat ihn von hinten mit einem Schürhaken erstochen und anschließend mit dem Kopf in den Kaminofen gedrückt. Der Ofen hat eine ziemlich große Glastür, da würde ein halber Baumstamm durchpassen. Bei der Tatortbesichtigung gestern war das sofort klar. Man muss kein Experte sein, um zu sehen, was sich abgespielt hat. Der Schürhaken hatte exakt die Position im verbrannten Fleisch des Opfers, wo sich der Nacken befand. Der Kopf steckte völlig verkohlt im Brennraum des Ofens. Einen Brandbeschleuniger, Benzin wahrscheinlich, hat der Täter anschließend benutzt, um sicher zu gehen, dass der Kopf im Ofen das Feuer nicht erstickt und eventuelle Spuren seinerseits auf alle Fälle vernichtet werden. Das Fenster zum Innenhof war gekippt worden, so dass genügend Luft nachströmte und sich das Feuer rasch über seine Kleidung und in der gesamten Wohnung ausbreitete. Nun, das wissen Sie ja."

Michael schluckte.

„Und warum bin ich hier?"

„Da es sich nicht um einen Feuerunfall handelt, sondern um Mord, müssen Sie ein paar Fragen beantworten. Sie haben den Brand zuerst bemerkt und die Feuerwehr ..."

„Ist das alles?", hakte Michael ernüchtert ein.

„Nein. Sie erwähnten, Herrn Falterer gekannt zu haben. Wir müssen alles über ihn wissen. Mord, verstehen Sie!"

Michael nickte und überlegte, was er wirklich wusste.

„Meine Tante sagte, er sei vor ein paar Jahren erst nach Rosenheim gezogen. Sie kannte ihn zufällig von der Landesgartenschau."

„Ja", sagte Obermeier ein wenig resigniert, „der Zufall. Wir wissen natürlich, dass Herr Falterer Ende 2011 zugezogen ist. Er war ja gemeldet. Aber über seine Lebensumstände, Verwandte, Freunde, Bekannte, haben wir bis jetzt gar nichts."

„War ja auch erst gestern", tröstete Michael den Kommissar ein wenig ironisch. „Der Mord, meine ich."

Obermeier fing den spöttischen Ball nicht auf.

„Wir sind sonst recht schnell, was das betrifft. Aber dieses Opfer hat einen schwierigen Hintergrund. Wir glauben, der Name könnte nicht stimmen."

Michael horchte auf.

„Sie meinen, er war unter falschem Namen in Rosenheim gemeldet?"

„Könnte sein. Wir wissen nicht, wo er vorher lebte."

„Dann", Michael war hellwach, „dann fehlt ja auch noch ein Motiv. Warum bringt jemand einen behinderten alten Mann auf so eine grausame Weise um? Und wer?"

Obermeier machte nur „Tja!".

Sie standen vor einem gewaltigen Rätsel. Und Michael wusste, Obermeier brauchte jemand, der außerhalb von polizeilichen und behördlichen Anordnungen vorgehen konnte: ihn!

GESPENSTER

Wenn sie sich in den Sommermonaten nachts in den Gassen trafen, bei Mondlicht ihre Schatten an den Hauswänden emporkletterten, war es, als hallten ihre Schritte lauter als sonst über die Kopfsteinpflaster. In der engsten Gasse der Altstadt fühlten sich die drei Gestalten besonders sicher, denn im Kuhgässel, das im Mittelalter auch Hexengässel genannt worden war, war es fast besser, seine Jacke auszuziehen, um nicht mit den Schultern die Mauern links und rechts zu streifen. Niemand wäre auf die Idee gekommen, dort ein Geheimtreffen zu organisieren. Doch genau das war die Taktik der drei, nachdem ihr viertes Mitglied weggezogen war. So waren sie nicht greifbar, als Gruppe unerkannt, von Zeugen nicht gesehen und nicht gehört. Wären sie auf einen offenen Platz gegangen, in eine Gaststätte oder hätten sich gar auf einem der Ausflugsschiffe getroffen, das wäre viel zu riskant gewesen. Niemand durfte sie miteinander in Verbindung bringen. Niemand. Ihr Flüstern verglomm wie Sternschnuppen im Gässel. Selbst der Mond versteckte sich schnell wieder hinter den alten Häusern. Wenn sie hinaufblickten zum schmalen Band der Sterne war es fast so, als wäre nie etwas geschehen. Nie.

Eines Nachts war es soweit: ein zweites Mitglied der verschworenen Gemeinschaft verabschiedete sich aus der Stadt.

6. Connys Mittwochs-Kundin

Meistens besuchte Conny ihre Klienten zuhause. Doch wenn eine ratsuchende Person das Gespräch mit einer Wahrsagerin vor dem Partner oder der Familie geheim halten wollte, empfing Conny gerne auch bei sich. Sie hatte das Einfamilienhaus nach und nach genau so gestaltet, wie sie es sich erträumt hatte, als sie hier aufgewachsen war. Ihre Eltern waren auf einer Urlaubsreise in Frankreich mit dem Auto tödlich verunglückt. Da war sie gerade zwanzig geworden, und die kurze Affäre mit Michael nach ihrem Abitur lag bereits über ein Jahr zurück. Zuerst hatte sie überlegt, das geerbte Haus so schnell wie möglich zu verkaufen, oder eventuell ganz aus Rosenheim wegzuziehen. Viel zu viele Erinnerungen an ihre Eltern verband sie mit diesem Haus, in dem sie sogar geboren worden war, und nicht in einem Krankenhaus. Aber sie hatte einen Studienplatz am Holztechnikum ergattert, dem Vorläufer der späteren Universität in Rosenheim. Den wollte sie nicht gleich wieder loswerden. So machte sie sich ans Renovieren, verkaufte Möbel und tauschte Vorhänge, erfand für sich die Farbe Orange neu und spürte, dass sie mit dem Haus alles richtig, mit dem Studium aber alles falsch machte. Einzig und allein Thorsten, ein Mitstudent aus Hannover, hatte sie davon abgehalten, das Studieren hinzuwerfen.

Thorsten war bei ihr eingezogen, aber Connys Veränderung überlebte die Beziehung nicht. Ein Jahr hatte sie anschließend in Indien gelebt, wo sie den Tod ihrer Eltern endlich zu bewältigen lernte. Von da an wusste sie, dass sie Menschen mit ihrer besonderen Gabe helfen konnte. Nach ihrer Rückkehr verwandelte sie sich allmählich in die Conny, die sie später bei der erneuten Begegnung mit Michael war, eine Frau, die nichts so schnell aus der Ruhe brachte, mit einem unglaublichen Einfühlungsvermögen und einer Menschenkenntnis, die die meisten ihrer Kunden schätzten.

Mit dreißig hatte sie Stefan, den späteren Vater ihres Sohns Paul kennengelernt. Die Beziehung hatte gehalten, bis Paul zur Schule kam. Stefan hatte Connys Tätigkeit als esoterische Mentorin stets belächelt und wollte unbedingt, dass sie sie aufgab. Conny war dadurch bewusst geworden, dass sie nie mehr auf einen gemeinsamen Nenner kommen würden. Paul hatte den Bruch zwischen seinen Eltern erstaunlicherweise gut verkraftet, vielleicht auch deshalb, weil sie nie vor seinen Augen gestritten oder sich gar angeschrien hatten. Ihre Trennung war über die Bühne gegangen, als sei sie das Natürlichste der Welt.

Je länger Conny auf esoterischer Basis arbeitete, desto mehr lernte sie an Lebenserfahrung dazu, die sie an verunsicherte, traurige oder enttäuschte Menschen weitergeben konnte. Natürlich musste sie davon leben und sich bezahlen lassen. Ihre Klienten schätzten die wegweisenden Gespräche mit Conny. Noch nie hatte sich jemand über ihre Tarife beschwert.

An diesem Mittwochabend sollte eine der Kundinnen in Connys nach Räucherstäbchen duftendes Haus kommen, die sich nicht in ihrer eigenen Wohnung beraten lassen wollte. Conny wusste aus den ersten beiden Gesprächen mit ihr, dass sie allein lebte und wovon. Vielleicht wollte sie lieber eine andere Atmosphäre beim Besprechen ihrer Probleme als ihre gewohnte Umgebung. Auch das erweiterte unter Umständen die Sichtweise auf ein Problem.

Loretta war bereits seit einer halben Stunde überfällig. Wie Conny das einzuordnen hatte, damit wusste sie umzugehen. Weder ärgerte sie sich über Verspätungen, noch rief sie gar wütend zurück, wenn ein Termin nicht eingehalten wurde. Die Leute hatten ihre Gründe, fand Conny, schnaufte durch und braute sich einen Tee, den Michael mal als waffenscheinpflichtig bezeichnet hatte. Nun ja, hatte sie ihm süffisant lächelnd geantwortet, das Jahr in Indien sei eben sehr lehrreich gewesen.

Lorettas Ausbleiben aber löste eine merkwürdige Unruhe in Conny aus. Wenn sie sich jetzt die mollige Frau vorstellte, die geschätzte zehn Jahre jünger als sie selbst war, spürte sie eine undefinierbare Gefahr. Zweimal hatte Conny mit ihr gesprochen und das Gefühl gehabt, diese Frau trüge ein schwerwiegendes Geheimnis mit sich herum, eines, das ihr Leben verändert hatte. Das

Dunkle in Lorettas Leben war sicher nicht ihr Job als Prostituierte. Damit ging sie offen um und machte keinen Hehl daraus. Nein, irgendwas machte der Frau zu schaffen, etwas, das sie sich von der Seele reden wollte. Und nun blieb sie einfach fort. Eine Stunde nach dem verabredeten Termin wählte Conny die Handy-Nummer, die Loretta ihr dagelassen hatte. Nach ein paar Rufzeichen schaltete sich die Mailbox ein. Conny hörte Lorettas lasziv gehauchte Aufforderung, es doch später nochmal zu versuchen, oder einfach eine Nachricht zu hinterlassen.

Mit ruhiger Stimme sprach Conny auf die Mailbox, wenn Loretta wolle, könne sie trotz des verpassten Termins gern einen neuen vereinbaren. Noch während sie das sagte, kamen ihr erneut Zweifel, Loretta jemals wiederzusehen. Connys Gefühl war ihr Beruf, und es hatte sie noch nie getäuscht!

Sie drückte Michaels gespeicherte Nummer. Überraschend schnell ging er ran. Wahrscheinlich sah er ihren Namen auf dem Display und freute sich, gleich die angenehme Stimme seiner Freundin zu hören.

Ihre Stimme klang allerdings nicht besonders heiter.

„Mike, ich denke, mit der Frau ist was Schlimmes geschehen. Ich weiß, wo sie wohnt! Wollen wir uns dort treffen? Bitte!"

Michael meinte, er wisse schließlich nicht, wo er hinfahren müsse. Er schlug Conny vor, sie abzuholen und beruhigte sie: „Es kann doch tausend Gründe geben, warum die Dame sich nicht meldet."

„Ich weiß es einfach. Und du weißt, warum ich es weiß!"

Nur zu gut kannte Michael Connys Begabung. Und wenn sich ihre Ahnung anschließend als falsch herausstellen sollte, dann war es eben einfach eine weibliche Überreaktion, dachte er beim Losfahren und grinste.

Loretta wohnte im Parterre. Die elektrische Klingel funktionierte offenbar nicht, denn niemand rührte sich. Rötlich schimmernde Vorhänge hinter den beiden Fenstern zur Straße hin ließen keine Blicke ins Innere zu.

„Sie ist halt nicht da", sagte Michael, „oder auf dem Weg zu dir."

„Sie ist eine, na ja, eine Gewerbliche halt", klärte Conny Michael auf.

Er schmunzelte.

„Na, dann wird sie wohl Kundschaft haben."

Jemand öffnete nun doch von innen die Haustür des betagten Wohnblocks. Conny und Michael sahen sich plötzlich einem hünenhaften Mann gegenüber, der gestresst wirkte.

„Haben Sie die Polizei gesehen?", fragte der lange Lulatsch die verdutzen zwei.

Michael wiederholte: „Polizei?"

„Jau. Aus einer Wohnung läuft Wasser in den Flur. Ich musste die Hauswasserversorgung abstellen."

Der Riese war offenbar der Hausmeister.

Connys Stimme vibrierte, als sie nachfragte, ob das Wasser aus Lorettas Wohnung komme.

Die Antwort mischte sich in das Heulen einer Polizeisirene.

„Jau".

LORETTA
(Mittwoch, 06. Februar)

Lorettas Kunde zog die Tür zu. Sie schnaufte tief durch. Das schon länger über ihren jugendlichen Zenit hinaus arbeitende Callgirl hatte dem Kerl merkwürdige und anstrengende Wünsche erfüllt. Selten lehnte sie auch noch so üble Praktiken ab. Sie brauchte das Geld.

Früher, als sie noch in ihrer Heimatstadt an den Straßenecken stand, und ihr Zuhälter Zorro sie abzockte, hatte sie mehr Kohle besessen als jetzt. Rosenheim war ein teures Pflaster geworden. Ihre Selbstständigkeit zahlte sich trotzdem aus. Sie nahm viel schwarz ein. Die Kunden zahlten bar. Ihre Tarife hingen nicht auf einem Preisschild aus. Loretta bekam immer cash, manchmal sogar mehr, als sie mit einem Kerl vorab abgemacht hatte. Dafür kamen die Typen auch auf ihre Kosten und erhielten den besten Service für ihre oft bizarren Neigungen.

Loretta steckte die zwei Hunderter, für die sie über zwei Stunden geschuftet hatte, in die Kassette, die sie in ihrem Schlafzimmerschrank aufbewahrte. In einer Stunde, gegen Mittag, erwartete sie einen gewissen Klaus. Natürlich hieß er nicht Klaus. Genauso wenig, wie sie in Wahrheit Loretta hieß.

Loretta lächelte, wobei sie im Spiegel an der Schranktür bemerkte, wie wenig dieses Lächeln Zufriedenheit ausdrückte. Lippenstiftfarbe hatte sich über ihr Gesicht verteilt, verlaufene Wimperntusche schminkte die blasse Haut unter ihren Augen mit Schatten, als wäre sie todkrank. Ihre weißblond gefärbten, halblangen Haare fielen in Strähnen über ihr Gesicht. Sie hatte den Ansatz zum Doppelkinn. Ihr Hals war einst dünn wie der eines Schwans. Nun saß er dick wie ein Baumstamm, mit einigen uncharmanten Falten auf ihren sehr kräftigen Schultern. Ihre breit gewachsenen Hüften kaschierte sie mit langen, weiten Pullis. Manche ihrer Kunden mochten das Üppige an ihr. Leidlich amüsiert zog sie ihre Mundwinkel nach unten, als sie beim Selbstbetrachten im Spiegel die löchrige Cellulite ihrer Oberschenkel als gerade noch für zulässig einstufte. Schließlich fand trotz ihres Alters – sie hatte ab fünfunddreißig aufgehört zu zählen – die Kundschaft immer noch zu ihr, davon einige Stammkunden, die mit ihr zusammen älter wurden. Andere Frauen hatten vielleicht Ehemänner, einen einzigen, mit dem die Weiber alt und hässlich wurden, dachte Loretta ziemlich boshaft, aber ich kann dutzende Ehemänner haben, Arschlöcher, denen ich alles biete, was ihr Heimchen am Herd nicht will oder vergessen hat.

Jemand wusste das.

Im Bad streifte Loretta die roten Strapse ab und stieg ins herrlich heiße, dampfende Wasser. Duschen war für Loretta ein Ritual nach getaner Arbeit. Aber jetzt wollte sie die Geborgenheit von ihren Körper umhüllendem, warmem Wasser spüren. Sie brauchte den Duft des Badeöls, der noch an ihr haften sollte, wenn „Klaus“ sich an ihr zu schaffen machte.

Sie ließ die kardinalrot lackierten Zehen spielen und schloss die Augen. Gleich würde sie untertauchen, eintauchen in eine Miniwelt unter Wasser, in der es in ihren Ohren gurgelte und die Nase kitzelte. Endgültig fortspülen wollte sie den Geruch des letzten Kunden, um mit dem nächsten neu zu starten. Auch wenn sie sich oft ekelte vor den Kerlen, motivierte sie sich immer wieder mit ihrer Preisgestaltung.

Ihr Kopf glitt langsam unter die Wasseroberfläche. Das Gefühl war herrlich. Ein Moment der Entspannung, der durch fast nichts zu ersetzen war. Mit geschlossenen Augen genoss sie die paar Augenblicke, während denen sie die Luft anhielt und unendlich langsam in kleinen Perlen durch den Mund wieder entließ. Lauwarmes Wasser gluckerte aus dem Hahn stetig in die Wanne nach.

Sogar unter Wasser nahm Loretta eine feine Nuance der veränderten Helligkeit draußen wahr. Anscheinend hatte sich eine Wolke vor die Sonne geschoben, die soeben noch frech durchs Badfenster gestrahlt hatte. Die Einzelheiten, wie sich der Schatten bewegte, wie jemand den Haar-Fön achtsam mit der Steckdose verband, bemerkte sie nicht. Erst als ein furchtbarer, dröhnender Schlag durch ihren Körper schoss, zuckte in ihr der Geistesblitz, dass ihr letzter Kunde die Tür vielleicht doch nicht von außen zugezogen hatte.

Aber da war es zu spät. Jemand hatte gewusst, dass in der Altbauwohnung Fehlerstromschutzschalter fehlten.

7. Tatort zwei

„Sie schon wieder!“ Kommissar Obermeier konnte sein Glück kaum fassen, Michael hier anzutreffen.

„Wohnen werden Sie doch hier nicht?“, spielte er auf ihre Begegnung nach dem tödlichen Brand in Michaels Nachbarschaft an. „Oder haben Sie damit …“, er deutete mit dem Daumen über die Schulter auf Lorettas Wohnung, „… irgendwas zu tun?“

Michael warf Conny einen entschuldigenden Blick zu und nahm Obermeier zur Seite.

„Kommissar, meine Begleiterin, Frau Linden, hat mich gebeten, sie hierher zu bringen. Die Frau da drin hätte vor etwa zwei Stunden bei ihr sein sollen. Sie war eine Kundin von Frau Linden, die Sie vielleicht noch kennen?“

„Ja“, unterbrach ihn der Kommissar und sah dabei Conny an, „ich weiß schon noch, wer Frau Linden ist“, (Conny hatte Michael mal zu einem Verhör in seinem ersten Fall ins Präsidium begleitet), „aber: Kundin?“

„Hören Sie“, begann Michael, doch Conny kam ihm zuvor.

„Danke, Mike, ich kann schon für mich selber sprechen!“ Sie schnaubte verärgert. „Herr Kommissar, natürlich war Loretta nicht *so* eine meiner Kundinnen, wie Sie sich das in Ihrer Testosteron-Fantasie vielleicht vorstellen. Eine Prostituierte, klar, aber auch ein Mensch mit Problemen, und die zu lösen, dabei hätte ich ihr womöglich helfen können.“

Obermeiers Besenreiser auf seinem rosigen Gesicht schienen ein Eigenleben zu bekommen. Er strich mit dem Zeigefinger ein imaginäres Rotztröpfchen unter der Knollennase fort und atmete deutlich ein.

„Vielen Dank für die Aufklärung, Frau Linden. Das mit dem Testosteron können S’ in meinem Alter aber vergessen. Was für Probleme hatte denn das Opfer?“

„Opfer?“, mischte sich Michael ein.

„Frau Bernhuber starb an einem wohl äußerst schmerzhaften Stromschlag in der Badewanne. Wegen der fehlerhaften Absicherung der Stromleitungen in dem alten Kasten wird der Hauseigentümer noch von uns hören. Aber weil Sie's sowieso rauskriegen, Warthens: wir glauben nicht an einen Unfall.“

Plötzlich sah er Conny mit finsterem Blick und noch dunkleren Äderchen auf den Wangen direkt in ihre Augen.

„Also, was für Probleme?“

Conny wich keinen Millimeter vor der Polizistenmasche zurück.

„Loretta ...“

„Gerlinde“, korrigierte Obermeier sie. „Gerlinde Bernhuber.“

„Sie wollte mir etwas sagen, das ihr Leben anscheinend stark beeinträchtigte. Etwas aus ihrer Vergangenheit. Aber sie kam ja nicht mehr dazu.“

„Und? Wieso wollte sie das ausgerechnet Ihnen anvertrauen?“

„Anvertrauen“, wiederholte Conny selbstsicher, „das ist genau das richtige Wort dafür. Sie hatte Vertrauen zu mir, weil sie es zu sonst niemandem hatte.“

Der Kommissar schaute wieder weniger streng. Mit einem Seitenblick auf Michael fragte er Conny: „Haben Sie von Frau Bernhuber irgendeine Andeutung erhalten, sie könnte Suizid begehen?“

„Ich dachte, es war Mord?“, tat Conny leicht irritiert.

„Natürlich, Frau Linden. Die ersten Ergebnisse der Tatortuntersuchung lassen zwar kaum einen anderen Schluss als Mord zu. Nichtsdestotrotz können wir andere Tötungsmöglichkeiten nicht ausschließen.“

Conny dachte nach. „Nein. Selbstmord, noch dazu auf die Art? Ich kannte sie zwar noch nicht so lang, aber sie wirkte nicht, als wäre sie lebensmüde. Eher im Gegenteil. Wäre sie sonst zu mir gekommen, wenn sie in ihrem weiteren Leben nicht etwas hätte verbessern wollen?“

Der Kommissar legte den Kopf schief und fixierte Conny für einen allzu langen, stummen Moment, als würde er etwas in ihrem

Blick suchen. Dann deutete er ein säuerliches Lächeln an. Vielleicht hatte er gefunden, was ihn an Conny gestört hatte, und nun störte ihn eben nichts mehr an der rothaarigen, sommersprossigen Frau mit dem orangen Schal um den Hals. Völlig unerwartet reichte er ihr seine Hand.

„Herzlichen Dank, Frau Linden."

Conny erwiderte den Händedruck und lächelte ebenfalls.

Michael sah mit offenem Mund zu.

Sie waren bereits auf dem Rückweg zu Connys Haus, als Michael Obermeiers Worte nachahmte: „Herzlichen Dank, Frau Linden. Herzlich! Was ist denn mit dem los?"

... UND PLÖTZLICH WAR DA NUR NOCH EINER

Die Frau zog ihre Kapuze tief ins Gesicht. Ihr Begleiter, ein dünner, fahrig wirkender Mann machte kurze schnelle Schritte durch die Gasse, so dass die Frau ihm kaum folgen konnte.

Er solle doch, bitteschön, mal stehenbleiben. Wo wollte er auch hin? Sie blieben immer auf den Kopfsteinpflastern zwischen den alten Stadthäusern, wo aus den Gullys manchmal fürchterlicher Gestank aufstieg, als spülte das Abwasser dort unten dutzende verwesende Leichen aus den Friedhöfen der Stadt. Auch heute Nacht dampften die Straßenöffnungen. Es war kalt geworden. Graue Schwaden wie feiner Rauch stiegen aus den Schächten, deren löchrige Abdeckungen die Gerüche der Exkremente nie vollständig davon abhielten, in die Nasen der Verursacher zurückzukehren.

Vielleicht lief der Mann ja vor dem Gestank davon – oder vor sich selbst. Er folgte der Bitte seiner Begleiterin und lehnte sich an eine Hauswand.

Wie es den anderen beiden, die nicht mehr in der Stadt weilten, wohl ginge, fragte die kleine Frau keuchend, die nach dem schnellen Stadtspaziergang erstmal verschnaufen musste. Weißen Atem stieß sie aus, und ihre Atemwölkchen zerfielen vor ihrem unkenntlichen Gesicht wie von Geisterhand in dieser ersten, frostigen Novembernacht.

Der Mann hob nichts wissend die Schultern. Warum sie das frage, sagte er. Und dann eröffnete die Frau ihm eine unglaubliche Geschichte. Ob womöglich Geister, Götter oder die Sterne den Zeitpunkt eines Schicksals bestimmten, fragte sie ehrfürchtig flüsternd und gestand: „Ich habe geerbt."

Als sie fertig erzählt hatte, ließ sie einen verdutzten Mann zurück, den sie von nun an lange nicht mehr sehen sollte.

Hustend atmete sie den Verwesungsgestank aus den Gullys. Ein letztes Mal in dieser Stadt.

8. Zufall?

Mit einer Tasse schlichtem grünen Tee bedankte sich Conny bei Michael für seine Begleitung zu Loretta.

Er nahm auf Connys Sofa Platz. Ihr roter Kater Fox schnupperte an Michaels Hosenbeinen und sprang ohne Vorwarnung auf seinen Schoß. Fox hatte im Winter merklich zugenommen. Der Kater begann sofort zu schnurren, als Michael ihm den Nacken kraulte.

Conny schaute sich das Bild amüsiert an.

„Ihr zwei seid ja richtig dicke Freunde."

„Dick", wiederholte Michael grimmig, „kann man so sagen". Er deutete mit dem Zeigefinger auf den rothaarigen Kumpel, der sich an seinen Bauch kuschelte.

„Ich sag jetzt lieber nix, Mike."

Michael wusste genau, was sie besser nicht aussprach. Sein Bauch fiel nun auch nicht gerade mit mäßigem Umfang auf, seit er zuletzt im Herbst mit seinem Flugdrachen von der Hochries gestartet war. Tante Bertis Plätzchen im Advent und ihre üppigen bayrischen Winterschmankerln hatten das Wachstum seines Knödel-Friedhofs erheblich beschleunigt. Und dieser Winter war noch nicht mal vorbei.

Bevor es peinlich wurde, wechselte Michael das Thema.

„Hast du eigentlich irgendeine Ahnung, wer und warum jemand diese Loretta lieber tot sehen wollte?"

Conny setzte sich ihm gegenüber in einen Ohrenbackensessel, der so alt aussah, als hätte sie ihn in einem Antiquitätenladen erstanden.

„Ach Mike, als Prostituierte, denke ich, ist man sicher immer der Gefahr ausgesetzt, dass irgendein Verrückter unter den Freiern ist. Aber Loretta hatte, wie gesagt, ein Problem, das gar nichts mit ihrem Job zu tun hatte. Ich denke schon die ganze Zeit darüber nach, was wir in den letzten beiden Sitzungen gesprochen haben. Ich schreibe ja kaum was mit, mache mir nur ab und zu Notizen über Schlüsselwörter."

Conny knetete ihre Hände, eine Geste, die ihm noch nie an ihr aufgefallen war.

„Und? Hat sie welche genannt?"

„Zwei-, dreimal ließ sie das Wort *Landesgartenschau* fallen. In welchem Zusammenhang, kann ich nicht mehr genau sagen." Sie stutzte und öffnete ihre Hände. „Doch: dass sie zu Besuch auf der Gartenschau war. 2010."

Michael hörte auf, Fox zu streicheln, setzte sich kerzengerade auf, und der Kater kommentierte die Störung mit einem knappen, ärgerlichen Miauen.

„Mann, Conny! Fällt dir was auf?"

„Ähm, nö."

„Wenn sie es so gesagt hat, *zu Besuch auf der Gartenschau*, dann hört sich das an, als sei sie damals von weit außerhalb nach Rosenheim gekommen. Man sagt doch nicht *zu Besuch*, wenn man in Rosenheim wohnt. Da ist man damals einfach hingegangen. Fertig."

„Das ist aber jetzt ein kraftloses Indiz dafür. Sie könnte ja auch aus dem Landkreis hingefahren sein."

„Doch", sagte Michael trotzig, „das ist sehr wohl ein Hinweis. Tante Berti kannte übrigens den Sepp Falterer, der bei dem Feuer in meinem Nachbarhaus ums Leben kam, und das war laut Kommissar Obermeier Mord. Tante Berti kannte ihn von – na woher wohl, von der Landesgartenschau 2010 in Rosenheim! Ist das jetzt normal?"

Conny lächelte gequält.

„Ja, wahrscheinlich, oder?"

„Conny, der Sepp ist später erst nach Rosenheim gezogen, sagt Berti. Kann es sein, dass Loretta auch erst seit ein paar Jahren in Rosenheim wohnt?"

Conny hob die Schultern.

„Ich rede zwar nicht bairisch, aber manchmal hatte ich das Gefühl, dass sie nicht das Rosenheimer Bairisch spricht."

„Aha“, machte Michael, legte seine Hand zurück auf Fox' Fell und massierte es sanft, „und wie anders?“

„Ich kenne die feinen Nuancen nicht so genau, aber weil mein Ex-Mann von dort stammt: Oberpfälzisch vielleicht.“

Michael schien mit seinen Fingern einen Nerv bei Fox getroffen zu haben, der dem Kater nicht passte. Vielleicht hatte er beim Kraulen während Connys letztem Satz auch nur zu fest zugedrückt. Fox hüpfte schimpfend von Michaels Schoß und trottete zum Futternapf.

9. Tanterl und ein Dialekt

An Donnerstagen kam Michael fast immer zum Essen zu Tante Berti. Mittags. Es war der einzige feste Termin, den sie vor Jahren einmal ausgemacht hatten. Inzwischen war das Donnerstagsessen so etwas wie eine Familientradition in der auf Michi und Berti geschrumpften Sippe geworden. Manchmal rief Michael seine bald achtzig Jahre alte Tante aber doch lieber schon am Morgen an, ob es ihr überhaupt passe, wenn er vorbeikommen würde. Er wusste ja nie, ob es sich die launische alte Dame anders überlegt hatte, und es womöglich nur Wurstbrote zum Mittagessen gegeben hätte. Doch Bertis altbayrische Kochkunst, einfach und üppig, war für Michael alternativlos.

Heute war es Berti besonders recht, dass ihr Neffe zum Essen kam. Erstens hatte sie jede Menge Semmelknödel vom Vortag aufbehalten, und zweitens mussten gewaschene Vorhänge wieder aufgehängt werden – eine Turnübung, die sie lieber nicht selbst anstellte.

„Ach, Tanterl", schwärmte Michael nach getaner Arbeit und mit vollem Bauch, „deine gerösteten Knödel hauen ganz schön rein."

Berti hatte die kalten Knödel in dünne Scheiben geschnitten, mit Zwiebeln in der Pfanne geröstet und dann ein paar Eier darüber geschlagen, bis sie gestockt waren. Gut gewürzt, ein wenig Schnittlauch, dazu grünen Salat.

„... und sogar vegetarisch", stellte Berti klar. „Und wennst noch einmal *Tanterl* sagst, dann war das heute das letzte Mal mit guten Sachen."

„Passt schon, Tante." Michael spülte mit alkoholfreiem Weißbier nach. „Übrigens, du hast doch gesagt, der Falterer Sepp ist irgendwann nach der Landesgartenschau nach Rosenheim gezogen. Weißt du, warum?"

Berti stellte das gebrauchte Geschirr klappernd zum Abtransport aufeinander.

„Weil's bei uns schöner is', als wie da, wo er herkommt?"

Mit einem süffisanten Lächeln quittierte er Bertis Erklärung.

„Freilich, Berti. Deswegen kommen ja alle nach Rosenheim."

Berti hatte dazu ihre eigene Meinung: „Weißt, da zeigen sie im Fernsehen bei den Bayern-Krimis immer so zusammengeschnittene Bilder von einer schönen Landschaft, die wo gar nicht z'sammg'hören und die Leut' sagen, mei, ist es da schön, fahren im Urlaub hin und suchen die Gegend, die's so gar nicht gibt, finden sie freilich nicht und dann …?"

„… dann dauert die Suche so lang, dass sie gleich für immer bleiben müssen."

„Und fragen sich, warum 's von Rosenheim aus so ewig weit zum Starnberger See oder zum Watzmann ist, genau."

Jetzt mussten beide lachen, wie schon lange nicht mehr. Michael fand als erster wieder zurück zu dem, was er eigentlich fragen wollte: „Und, ist dir eingefallen, woher der Sepp zugezogen ist?"

„Mei, seinem Dialekt nach könnt 's Niederbayern sein, wo er herkommen ist."

„Oder aus der Oberpfalz?"

„Schon." Berti legte nachdenklich ihren Zeigefinger an die Nase. „Du hast doch zuletzt mit ihm g'redet. Das fällt einem doch auf, wie einer redet."

„Ja." Michael zog das Ja in die Länge. „Stimmt schon. Aber Oberpfälzisch und Niederbairisch, ist das nicht dasselbe?"

„Ähnlich. Aber sag einmal, wieso willst denn das wissen?" Berti stemmte ihre Hände in die Hüften. „Ermittelst du wegen dem Sepp seinem Tod?"

„Ich hab da so einen Gedanken, der mir nicht aus dem Kopf will."

Michael erzählte Berti von Loretta.

„Ah geh, Michi". Sie schüttelte den Kopf und trug Teller und Besteck zur Spüle. „Wie soll denn das zusammenpassen? Bloß weil alle zwei Toten – und nur vielleicht – den gleichen Dialekt g'habt haben, muss das doch nichts heißen. Die Oberpfalz ist groß."

„Und Niederbayern auch", bestätigte Michael leicht resigniert. Trotzdem ließ ihn das Gefühl nicht los, dass irgendeine merkwürdige Verbindung bei beiden Morden im Raum stand. Aber welche? Dann war da noch die Sache mit der Landesgartenschau. Beide waren dort zu Besuch und irgendwann nach Rosenheim gezogen. Woher? Und warum?

10. Beim KHK

Das Rosenheimer Polizeipräsidium, zuständig für den gesamten Südosten Oberbayerns, lag mitten in der Stadt an einer der belebtesten Straßen. Die beiden Schallschutzfenster in Kriminalhauptkommissar Obermeiers Büro blieben meistens zu, um Straßenlärm, Abgase und Feinstaub fernzuhalten. Über dreißig Jahre hatte es Obermeier in diesem Kasten ausgehalten, hatte fast alle seine Haare hier drinnen gelassen und war gut zwanzig Kilo schwerer geworden.

Wenn andere Abteilungen ein Großraumbüro besaßen, das sich die Kommissare und Kriminal-Assistenten zur gemeinsamen Ermittlungsarbeit teilten, so war Obermeier ausschließlich allein in diesen kargen vier Wänden geblieben. Zu Besprechungen zum Vorgehen bei den oft schwierigen Fällen rief er seine Leute aber doch in Raum 14, einem mit Monitoren und Leinwänden für Power-Point-Präsentationen ausgestatteten Saal.

Kurz vor seiner Pensionierung wollte Obermeier sich einen Umzug in das Gewusel eines größeren Büros nicht mehr antun. Er wusste, wenn er fort sein würde, kam kein einsamer Nachfolger in sein dienstliches Wohnzimmer, der die einzige Pflanze in der lichten Ecke, die Zimmerlinde, gießen würde. Was aus dem Raum nach ihm wurde, war KHK Obermeier relativ egal. Nur die Zimmerlinde würde er mitnehmen zu sich nach Hause, falls er es sich nicht doch noch anders überlegte und weitermachte.

Seit seiner fünfzehn Jahre zurückliegenden Scheidung lebte er allein in einer Zweizimmerwohnung an der verkehrsberuhigten Münchener Straße in der Innenstadt. Sadhana, seine aus Pakistan stammende Putzhilfe war eine der wenigen Menschen, die ab und zu mit ihm ein paar private Worte wechselten. Sein Sohn lebte in Neuseeland und hatte mit seinem Vater wenig am Hut.

Mit der Zeit war Obermeier zu einem Kriminalbeamten geworden, dem seine Arbeit alles bedeutete. Der Preis dafür waren Bluthochdruck und Leberprobleme, die man ihm ansah. Seine Besenreiser im schwammigen Gesicht und die rötliche Knubbelnase ließen auf Rotwein-Missbrauch schließen. Doch wer das glaubte, irrte sich gewaltig: Er trank ausschließlich Weißwein, Silvaner im Bocksbeutel, eine Reminiszenz an seine fränkische Heimat.

Einer seiner letzten Fälle sollte also der Mord an Josef Falterer werden, und nun kam zu fast hundert Prozent Wahrscheinlichkeit ein Mord an einer Prostituierten dazu.

„Das schaff mer auch noch, allmächd."

Es klopfte an der Tür.

„Herein."

Walter, ein junger Hauptwachtmeister in Uniform, öffnete die Tür.

„Ein Herr Warthens möchte Sie sprechen."

Obermeier zeigte sich nicht sonderlich überrascht. Kaum geschah in Rosenheim ein Gewaltverbrechen, mischte sich der Private ein. Obermeier wusste allerdings genau, was er an Michael Warthens hatte. In den letzten beiden Fällen hatten sie auf eine Weise zusammengearbeitet, die den jeweils anderen das Gesicht wahren ließ. Irgendwie mochte er den etwa zehn Jahre jüngeren Michael, den er stets nur mit „Warthens" ansprach. Vielleicht wäre der sogar ein guter Polizist geworden, hatte er sich mal bei diesem Gedanken ertappt – und ihn gleich wieder verworfen.

„Soll reinkommen."

Michael grüßte und nahm auf dem alten, mit speckigem Leder bezogenen Besuchersessel vor Obermeiers Schreibtisch Platz. Wie immer, wenn er das tat, ließ er einen unwirschen Seufzer los. In diesem Sessel musste sogar Michael mit seinen Eins-Fünfundachtzig zum Kommissar aufschauen. Genau wie letztes Mal sah der eigentlich einen Kopf kleinere Obermeier zufrieden aus mit dieser Konstellation.

„Was führt Sie zu mir, Warthens?“ Obermeier lehnte sich in seinem Chefsessel zurück. Einen Kugelschreiber behielt er dabei in seiner rechten Hand.

„Die beiden Morde der letzten Tage, Kommissar. Natürlich, werden Sie denken.“

„Da geb' ich Ihnen recht.“

„Aber ich weiß nicht, ob Sie einen Zusammenhang der beiden Taten sehen?“

„Sie vielleicht?“ Obermeiers Blutdruck schwoll unverkennbar an. Mit der freien linken Hand strich er über seine wenigen grau-roten Haare, alle nach hinten gekämmt und fettig wie mit einem Gel bearbeitet.

Michael drückte sein Kreuz durch.

„Wissen Sie, ich habe schon noch was anderes auch zu tun. Aber Sie sitzen allein in Ihrem Büro, haben zwei Fälle am Hals und scheinen sich nicht drum zu kümmern.“

„Na hören Sie mal, Warthens!“ Mit seinem Kugelschreiber begann Obermeier, rhythmisch auf die Tischplatte zu klopfen. „Das müssen Sie schon mir überlassen, wie ich arbeite. Im Übrigen haben wir in ein paar Minuten genau wegen dieser Fälle im Besprechungsraum eine – Besprechung eben. Meine Mitarbeiter leisten schließlich hervorragende Arbeit.“

„Und? Ich habe nämlich gemeinsame Nenner mit Falterer und dieser …“

Obermeier half ihm: „Gerlinde Bernhuber.“

„… genau, rausgefunden. Sie nannte sich zwar Loretta, aber der richtige Name ist ja nicht unbedingt exotisch. Ich glaube, sie kam ursprünglich aus der Oberpfalz. Sepp Falterer ebenso. Und beide waren 2010 auf der Gartenschau in Rosenheim, wohin sie nicht lang danach beide gezogen sind.“

Obermeier sah aus, als grinste er.

„Auf die Gartenschau?“

„Nach Rosenheim natürlich.“ Michael ärgerte sich über Obermeiers Spitzfindigkeit. Er hob dennoch präventiv abwehrend seine

Hand und meinte: „Ja, ich weiß: schwach, schwach, schwaches Indiz. Trotzdem komisch."

„Wollten Sie mich nur darüber informieren?"

„Eigentlich, Kommissar, bin ich hier, weil ich von Ihnen hören wollte, ob sich diese dünne Querverbindung bestätigt?"

„Warthens", sagte Obermeier unleidig, legte den Kugelschreiber weg und stand auf. „Sie wissen doch, über laufende Ermittlungen kann ich keine Auskunft geben. Außerdem, ich muss jetzt."

Auch Michael erhob sich, und die Größenverhältnisse rückten sich damit wieder zurecht.

„Und? Bin ich auf der richtigen Spur?"

Der Kommissar zwängte sich in ein etwas zu eng gewordenes Sakko.

„Sagen wir mal so, selbst, wenn es so wäre: was würden Sie damit machen?"

„Weiter nach Zusammenhängen suchen?", formulierte Michael seine Antwort als Frage.

„Na, dann tun Sie das mal", schlug der Kommissar mit hochrotem Kopf vor. „Hören Sie, es ist Freitag, und wir sind noch nicht all zu weit. Mit beiden Fällen. Aber Danke für den Tipp. Vielleicht können meine Leute und ich ja was damit anfangen."

Das Telefon auf seinem Schreibtisch, in der Tat noch eines mit Kabel und Wählscheibe, rasselte.

„Obermeier!"

Michael hielt ihm bereits die Tür auf, damit der Kommissar rasch zur Besprechung konnte. Doch Obermeier brummte am Telefon wie eine neugierige Hummel. Als er auflegte, drehte er sich nochmal um und starrte aus dem Fenster zur Straße hinaus. Sie waren im ersten Stock, und der Lärm drang sogar durch die Schallschutzfenster. Obermeier atmete tief ein und aus und rieb sich die Stirn. Er wankte ein wenig, und Michael machte ein paar Schritte auf ihn zu.

„Was ist, Kommissar? Geht's Ihnen nicht gut?"

„Mir schon." Der ältere Herr schaute an Michael vorbei. „Aber wir haben schon wieder einen Toten."

Der Letzte der Geister

Nun war er alleine in der Stadt. Die anderen drei würden sich vielleicht wieder treffen, wenn sie sich in ihrer neuen Heimat eingelebt hatten. Und er?

Er blieb in seiner Wohnung, von der aus er auf die Brücke sehen konnte. Unter dieser mittelalterlichen Verbindung zwischen dem Norden und dem Süden der Stadt, auf der seit fast neunhundert Jahren Menschen den Fluss überquerten, hatte er schon als Kind am Ufer gespielt. Die Spitzen der Domtürme gehörten ebenso zum Bild seiner Heimat wie der Rauch aus der Wurstküche die er wöchentlich besuchte, außer sie war mal wieder wegen Hochwasser geschlossen.

Sollte er diese Stadt nun nicht auch verlassen, dorthin ziehen, wo die anderen nun lebten? Was brachte ihm das? Vielleicht musste er dann nicht mehr so weit fahren für sein Hobby! Wenn er nun vorzeitig in den Ruhestand ginge, wäre das eine Option. Die Stadt wollte ihre teuren Beamten sowieso loswerden und lieber junge Mitarbeiter einstellen, die keine Pensionsansprüche stellten. Zumindest nicht so schnell. Er klopfte sich das Kissen auf dem Fensterbrett zurecht und stützte seine Ellbogen darauf ab. Den Blick auf den Fluss würde er vermissen, sicher. Aber dort, wohin es ihn vielleicht bald verschlagen würde, gab es ja auch einen. Nein, sogar zwei, wie er sich erinnern konnte. Womöglich würde er eine Bleibe mit Flussblick finden. Oder mit Bergblick. Am besten beides.

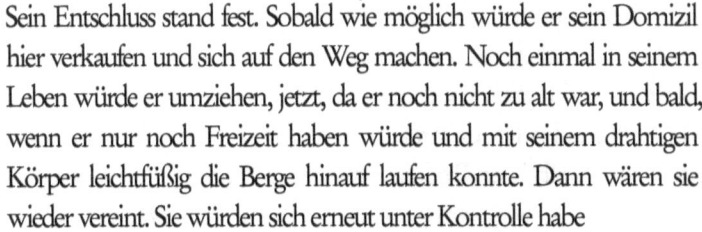

Sein Entschluss stand fest. Sobald wie möglich würde er sein Domizil hier verkaufen und sich auf den Weg machen. Noch einmal in seinem Leben würde er umziehen, jetzt, da er noch nicht zu alt war, und bald, wenn er nur noch Freizeit haben würde und mit seinem drahtigen Körper leichtfüßig die Berge hinauf laufen konnte. Dann wären sie wieder vereint. Sie würden sich erneut unter Kontrolle habe

Dann wäre alles gut, und er konnte uralt werden.

Adi
(Freitag, 08. Februar)

Adi Renner liebte die Berge. Vielleicht deswegen lief er immer öfter auf die Gipfel. Obwohl der drahtige Renner-Adi damit seinem Namen alle Ehre machte, bemerkte er seit einiger Zeit eine gewisse Schwere in seinen Beinen. Starrköpfig ignorierte er sein Alter, bald sechzig, und trabte nach wie vor zügig aufwärts. Kein Gramm Fett zu viel, wenn überhaupt eines, schleppte er an seinem Körper mit.

Nicht zuletzt der Berge wegen war er vor ein paar Jahren nach Rosenheim gezogen. An diesem für Berglauf nicht besonders günstigen, verdammt windigen und föhnig-warmen Wintertag nahm er seine Lieblingsstrecke in Angriff: am Fuß des Wendelsteins vom Dorf Brannenburg aus über weitverzweigte Bergwaldwege.

Der Winter hatte nur im Januar etwas Schnee auch in den unteren Regionen der Berge abgeladen, der aber vom Föhn zusammengeschleckt wurde wie Softeis von einer hungrigen Dogge. Ein paar Schneereste auf den Almwiesen erinnerten daran, dass eigentlich tiefster Winter herrschte.

Die Sonne versteckte sich ab und zu hinter einer mächtigen Wolkenwand, die sich quer über den gesamten Nordalpengipfeln ausgebreitet hatte – die Föhnmauer, das Merkmal für ausgeprägten Südwind, der den Südalpen starken Regen, und den nördlichen Alpentälern extremen und warmen Fallwind bescherte.

Adis Laufweg besaß einige steile Stellen, an denen schon gewöhnliche Bergwanderer ins Schnaufen kamen wie die Ochsen beim Ackern. Adi dagegen hielt sich auch an den ärgsten Steigungen nicht zurück. Mit Geräuschen, als müsste er sich gleich übergeben, pumpte er seine Lungen voll, bis sie in Flammen standen. Erst dann war er zufrieden und trabte voller Glückshormone über die flacheren Passagen. Gemütliche Wanderer, die um diese Jahreszeit kaum unterwegs waren, schüttelten im Sommer oft schmunzelnd den Kopf über den alten Deppen, der die Berge als Rennstrecke missbrauchte, statt die schöne Landschaft und Aussicht zu genießen. Aber Adi blieb immer auf den Wanderwegen, lief nie über Weiden oder durch den empfindlichen Bergwald abseits der vorgegebenen Routen.

Jemand wusste das.

An einer schmalen Stelle, die kurz nach der ersten Alm im Wald wie ein Hohlweg daherkam, stoppte Adis Lauf abrupt. Adis Gehirn war noch vollends auf *Vorwärts* eingestellt und sendete die Info *Schmerz* mit Verzögerung ins dafür vorgesehene Zentrum. Doch da war es bereits zu spät. Jemand hatte einen kaum sichtbaren, dünnen Draht quer über den Weg gespannt. Der schneidende Draht durchtrennte Adis Kehle wie ein Skalpell bis zu den Halswirbeln – weil jemand hinter einem der Bäume hervortrat und nachhalf, den Draht aus kurzer Distanz wie eine Schwert führte und mit einem Ruck daran zog. Blut schoss fontänenartig aus Adis Halsschlagader, als quetschte eine Presse den ohnehin mageren Körper aus wie eine Zitrone. Gleichzeitig entwich mit einem einzigen gurgelnden Zischen Luft aus seinen Lungen durch die offene Luftröhre.

Adi sackte in die Knie, der Draht löste sich mit einem schrillen Sirren aus seinem Hals und schnellte zurück in seine Ausgangsposition. Er hatte seinen Zweck erfüllt.

Eine Gruppe Sportler hatte das ungewöhnliche Wetter ausgenutzt und statt sich auf Skier zu stellen, auf ihre Mountainbikes geschwungen. Die vier Frauen und sechs Männer fanden eine halbe Stunde nach Adis Ende seine blutüberströmte Leiche. Da war der Draht längst abgebaut und im Tal, wo er in einem Sammelcontainer für Blech landete.

Zu Schaden kam außer Adi aber doch noch jemand. Eine Bikerin musste sich beim grässlichen Anblick der Leiche so sehr übergeben, dass sie fast erstickte.

Ein gewaltiger Föhnsturm beugte die Wipfel des Bergwalds, als die Polizei eintraf. Das unaufhörliche Rauschen verstärkte sich zu einem Tosen, in dem man sein eigenes Wort nicht verstand.

11. Der Berg

Michael hatte seinen Smart dem Präsidium schräg gegenüber auf dem Parkplatz *Loretowiese* geparkt. Er ließ den Motor im Leerlauf säuseln und überlegte.

Noch ein Toter! Diesmal im südlichen Landkreis nahe Brannenburg, hatte Obermeier ihm verraten, bevor er mit seiner Truppe statt zur Besprechung zum Tatort abrauschte. Dass es Mord und kein Unfall war, davon schien Obermeier auszugehen.

Mit gemischten Gefühlen beobachtete Michael, wie sich zwei Einsatz-Fahrzeuge und ein ziviler SUV aus der Tiefgarage des Präsidiums in den Verkehr einreihten.

Sollte er ihnen folgen? Hing der neuerliche Mord mit den anderen beiden zusammen? Wie viele – von wöchentlichen Morden in Fernsehserien und diversen Krimiromanen über Rosenheim mal abgesehen – geschahen denn innerhalb kürzester Zeit wirklich in der Stadt und im Landkreis. Einer im Jahr? Zwei? Vier? Nun also schon drei in einer Woche.

Brannenburg lag keine zwanzig Kilometer entfernt im Süden von Rosenheim am Beginn des Inntals. Wenn er den Polizeiautos folgte, landete er vielleicht direkt am Tatort. Michael gab Gas. Dass die Damen und Herren der Exekutive auch ohne Signale einzuschalten manche Geschwindigkeitsbegrenzungen nicht einhielten, das kannte er schon. So schnell war er mit dem Auto höchstens mal um drei Uhr morgens durch die Stadt geflutscht. Südlich der Stadt ging es flott auf der Bundesstraße 15 weiter. Nach der Brücke über die Autobahn A93 waren es nur noch wenige Kilometer bis zum Ortseingang, Kilometer, auf den man richtig in die Eisen steigen konnte. Michael verlor die Polizeifahrzeuge aus den Augen. In Brannenburg, gleich hinter dem Bahnübergang, erhaschte er noch den Blick aufs Heck eines der Kombis. Sie waren also nach rechts, in den alten

Ortsteil mit dem Schloss Brannenburg, einer privaten Internat-Schule, abgebogen. Weiter ging es durchs Dorf, und die Straße wurde steiler. Sehr steil. Der Smart bockte ein wenig, aber Michael nahm die langsame Bergauffahrt gelassen. Er kam an keinen Abzweigungen mehr vorbei. Irgendwann mussten die dort oben anhalten.

Dann sah Michael, wie ein Polizei-Helikopter über einer Stelle am Berg kreiste. Er wusste, dort in der Nähe war eine bewirtschaftete Alm. Und dahinter eine große Lichtung, auf der ein Hubschrauber wohl gut landen konnte. Sicher war dort der Tatort.

Die Straße ging in einen schmalen, extrem steilen Weg über, der von Jeeps oder SUVs gut befahren werden konnte. Michael parkte auf dem Wanderparkplatz, der das Ende der ausgebauten Straße darstellte. Gegenüber kamen ein paar Zwergziegen und ein Geißbock an den Zaun. Die Tiere meckerten und äugten Michael freudig an, als hätte der ein paar Schmankerl für sie dabei. Aber er hatte nur einen Gedanken, den, so schnell wie möglich dorthin zu gelangen, wo der Hubschrauber in diesem Moment niederging.

Er trabte los. Die außergewöhnlich warme Luft roch nach Fichtennadeln und verrottetem Holz. Ein Gebirgsbach, an manchen Uferstellen trotz des Föhns mit vom Wasser unterhöhlten, glasigen Eisbrücken gesäumt, rauschte über sein steiniges Bett zu Tal.

Dreißig Minuten später sah er, atemlos, die Polizeifahrzeuge am Wegrand kurz hinter der Almhütte. Vielleicht hundert Meter weiter begann der Bergwald, an dem der Föhnwind zerrte. Der Polizei-Helikopter war tatsächlich hinter der Alm gelandet. Michael bewunderte den Piloten, der das bei dem Sturm geschafft hatte. Er war fix und fertig und auch neidisch auf den Piloten, der fliegen, und auf die Polizisten, die hatten fahren dürfen.

Der Tatort, offenbar auf dem Wanderweg im Waldstück, war mit Flatterbändern abgesperrt worden. Einen Steinwurf links davon plätscherte der Gebirgsbach über das etwas flachere Gelände. Mehrere Mountainbiker hatten sich am Bach auf Felsbrocken gesetzt. Ihre Bikes lagen in der Nähe auf dem von Steinen übersäten Boden.

KHK Obermeier stand zwischen den Felsen und stellte Fragen. Plötzlich stutzte er. Warthens!

Michael steuerte auf ihn zu, der Kommissar unterbrach die Befragung und kam Michael entgegen.

„Warthens!“, herrschte er Michael an. Er sprach unheilschwanger gedämpft. Trotzdem schauten die Sportler interessiert. „Sind Sie wahnsinnig? Also, wenn Sie mir gefolgt sind, dann …“

Michael musste trotz der Lage grinsen. Die Überraschung war ihm gelungen.

„Kommissar, wenn Sie mich ein wenig über das Opfer wissen lassen, dann bin ich schon wieder weg.“

„Das hätten Sie mich auch morgen im Präsidium fragen können, aber ob Sie eine Antwort …“

„Kommen Sie schon, Kommissar. Geben Sie sich einen Ruck, unserer Zusammenarbeit willen.“

Obermeier nahm Michael zur Seite und raunte ihm zu, es gebe keine Zusammenarbeit. Als sie außer Hörweite waren, wurde er gesprächiger.

„Mensch Warthens, Sie wissen, es gibt keine Gemeinsamkeiten zwischen Kriminalbeamten und privaten Ermittlern. Aber eins muss ich schon sagen, dass das, was Sie vermutet haben tatsächlich zutrifft, hätte ich nicht gedacht. Alle Achtung.“

„Wie jetzt?“

„Also gut, das Opfer hier heißt Adolar Renner. Die Überprüfungen seines Ausweises und seiner Herkunft ergaben, dass er erst seit drei Jahren in Rosenheim gemeldet war, wo er auch wohnte.“

„Und woher …?“

„Lassen S’ mich doch ausreden, wenn S’ schon alles wissen wollen. Von wo er hergezogen ist? Zuletzt war er in Regensburg gemeldet.“

Michael musste nicht lange überlegen: „Oberpfalz, stimmt’s?“

Eine lauwarme Böe fuhr von hinten in Obermeiers letzte Haarsträhnen und zerstörte die gekämmte Ordnung auf seinem Kopf. Mit einem Handstreich stellte er sie wieder her.

„Hören Sie, Warthens, das kann immer noch ein Zufall sein, und die VerbinDa ein uniformierter Beamter dem Kommissar einen Zettel brachte, hielt sich Michael mit einer Antwort zurück. Die wäre wahrscheinlich nicht besonders freundlich ausgefallen nach Obermeiers Stichelei. brachte, hielt sich Michael mit einer Antwort zurück. Die wäre wahrscheinlich nicht besonders freundlich ausgefallen nach Obermeiers Stichelei.

Der Kommissar bedankte sich bei dem Beamten.

„Herr …?"

„Saringer, Herr Hauptkommissar." Der Polizist stiefelte wieder zurück hinter die Absperrung.

„Kennen Sie Ihre eigenen Leute nicht?", spottete Michael.

Obermeier schaute von der Nachricht auf dem Zettel auf.

„*Meine* schon. Aber Saringer ist Beamter der Polizeiinspektion Brannenburg – deren Kollegen übrigens nach dem Anruf der Zeugen schnell vor Ort waren und hervorragende Arbeit hier leisteten."

„Und der Hubschrauber?"

„Damit haben wir den Gerichtsmediziner zeitnah hier gehabt. Er wird die Leiche zur weiteren forensischen Untersuchung ins Labor begleiten."

„Das Opfer wird mit dem Heli abtransportiert?", wunderte sich Michael.

„Logisch", brummte Obermeier ungeduldig, „aber ich muss jetzt."

„Moment noch, Kommissar", hielt ihn Michael zurück. „Wie hat man diesen Adolar denn getötet?"

„Warthens, lassen Sie's bleiben. Außerdem glaube ich nicht, dass Sie das wirklich wissen möchten."

Er schwenkte die Notiz in seiner Hand und ging mit großen Schritten wieder zurück zu den sportlichen Zeugen.

„Doch!", rief ihm Michael hinterher.

Der Kommissar schaute über seine Schulter zurück. „Kommen S' heute Abend ins Präsidium", schlug er Michael vor. „Heute kann ich mir den Feierabend eh schenken."

Auf der Rückfahrt nach Rosenheim hörte Michael den Lokalsender. Noch waren zwei Morde das Thema in den Nachrichten. Über Sepps Tod wurde offiziell noch gerätselt, ob es wirklich Mord war. Die Polizei gab weiterhin wenig preis über das Feuer. Hypothesen darüber geisterten in den Online-Medien herum, manche Verschwörungstheorien kamen auf, aber auch Journalisten in Lokalzeitungen stellten unterschiedliche Spekulationen in den Raum.

Beim Mord an der Prostituierten war die Lage eindeutiger, zumindest, wenn man der Berichterstattung glauben wollte. Allmählich wurden auch überregionale Medien aufmerksam. Bayernweit war die Meldung über die Ticker gelaufen und wurde im Fernsehen und Internet verbreitet.

Nun also ein dritter Toter im Zuständigkeitsbereich der Polizei Rosenheim. Würden die Medien nach Gemeinsamkeiten suchen, unangenehme Fragen stellen? Was, wenn sie versuchten, Zusammenhänge herzustellen? Wie würden die Leute das aufnehmen, wie verunsichert konnte die Bevölkerung werden, wenn auch nur einer der Journalisten über einen Serienmörder schwadronierte?

Bis jetzt hatte Michael nichts gehört oder gelesen, was darauf hindeutete. Nun aber: ein dritter, eindeutiger Mord. Nur Michael ahnte, oder besser *kannte* die Ähnlichkeiten zwischen den drei Opfern. Und er würde sie ganz sicher nicht öffentlich preisgeben!

12. Berti

Berti ließ eine Reinigungstablette ins Glas gleiten und legte ihre Dritten dazu. Im Oberkiefer musste sie den Kranz aus künstlichen Beißern jeden Tag einpassen. Unten besaß sie noch ihre eigenen. Beim Blick in den Spiegel wurde ihr schmerzlich bewusst, wie viel Zeit hinter ihr, und wie wenig wohl noch vor ihr lag. Die Ersatzzähne hatten ihr Aussehen derart verändert, dass sie zweifelte, ob es richtig gewesen war, vier Jahre zuvor auf ihren Zahnarzt gehört zu haben.

Als sie begonnen hatte, die Kälber und Schafe auf der Alm zu betreuen, war sie eine hübsche Frau Anfang dreißig gewesen. Georg, der Schorsch, hatte sie wegen einer noch nicht mal Zwanzigjährigen sitzen lassen. „Der alte Depp“, hatte die Warthens-Familie damals über den doppelt so alten Schorsch gewettert, „wegen dem jungen Trutscherl lässt der unsere Berti sausen.“

Nun war Berti nie eine, die sich unterkriegen ließ, schon gar nicht von einem Mannsbild, und sie entschied, ledig zu bleiben. Nach der Ausbildung an der Landwirtschaftsschule hatte sie auf einem großen Bauernanwesen im Ort Flintsbach am Inn gearbeitet. Die Alm, die sie als Sennerin betreute, gehörte zum Hof. Als der Schorsch als Zukünftiger nicht mehr in Frage gekommen war, packte Berti von nun an jedes Frühjahr ihre Sachen zusammen und zog zum Almauftrieb mit Kälbern und Jungkühen, später auch mit einer Schaf- und Ziegenherde auf die Alm im Wendelsteingebiet. Bald waren Wanderer an ihre Tür gekommen, und sie versorgte sie für wenige Mark mit Milch, selbst gebackenem Brot, Butter und frischem Schafkäse.

Die Arbeit hatte ihr immer große Freude bereitet. Es war aber auch anstrengend gewesen, von früh – sehr früh – bis spät abends, besonders wenn eines der Tiere krank geworden war. Einmal hatte sie ein Schäfchen, das wegen stark aufgeblähtem Bauch an einem Abhang drohte abzustürzen, eigenhändig über Stunden festgehalten, bis sie Wanderer um Hilfe bitten und über ein Funkgerät dem Bauern Bescheid geben konnte. Der hatte das arme Tier dann dennoch notschlachten müssen. Es hatte Wassersucht gehabt. Im Bauchraum hatte sich jede Menge Flüssigkeit angesammelt, und das Schäfchen hatte sich im steilen Gelände nicht mehr auf den Beinen halten können.

Oft waren die Almsommer wegen extremer Wetterlagen, die die letzten Jahre immer mehr zugenommen hatten, nervenaufreibend gewesen. In manchen Jahren war es wochenlang so nass, dass die Tiere lieber in den Unterständen oder im Stall blieben, hungerten und kaum Milch gaben. Meistens aber war die Wasserknappheit der letzten Jahre das größere Problem. Irgendwann hatte der Bauer hinter der Alm eine Art Speicherteich fürs Vieh angelegt. Neulich hatte Berti erfahren, dass der Tümpel nun bald als Wasserreserve für Schneekanonen im Winter herhalten sollte. Der Bauer hatte das Gebiet verkauft. Ein moderner Sessellift brachte nun Skifahrer auf 1300 Meter Höhe. Eine kerzengerade Schneise durch den Bergwald zeigte von weitem, wo der Sechser-Sessellift täglich unzählige Wintersportler transportierte.

Berti grinste zahnlos.

„Da werden s' heuer nicht viel Freud' haben", grummelte sie in Anbetracht des schneearmen, sehr warmen Winters, der selbst den Einsatz von Schneekanonen sinnlos machte.

Ihre Zähne hatten während der Zwischenreinigung nun den Sauberkeitsgrad zum Einsetzen erreicht, da klingelte es an der Apartmenttür.

„Michi!", tat sie erstaunt. „Am Freitag, am Nachmittag kommst du zu deiner alten Tante?"

Michael ließ sich von ihrer Ironie nicht aus der Fassung bringen.

„Ich hab mir halt gedacht, du tätest dich freuen über einen Besuch."

Sie sagte nichts darauf, schmunzelte aber etwas linkisch in sich hinein. Natürlich freute sie sich. Aber das musste sie ja nicht gleich überschwänglich zeigen. Sie holte Luft.

„Was willst denn?"

„Meinst, was zum Essen?"

„Hab ich's mir doch denkt. Ist eh schon fertig."

Sie öffnete die Backofentür, und der köstliche Duft von Apfelstrudel schoss direkt in Michaels Nase.

„Magst ihn heiß oder kalt, Michi?"

„Jedenfalls mit Sahne."

Berti stemmte ihre geballten Fäuste in die Hüften. „Schlagrahm, heißt das."

Michael schniefte auf, denn der Strudelgeruch ließ ihm nicht nur das Wasser in seinem Mund zusammenlaufen.

„Ich weiß schon, dass du Wert auf regionale Aussprache legst. Aber mittlerweile leben so viele Nichtbayern in Bayern, die verstehen doch sonst nix."

Berti zeigte ihre Dritten: „Dann sollen s' Boarisch lerna, Herrschaftszeiten noch amoi!"

Der Apfelstrudel war auf alle Fälle original bayrisch, mit süßem Quark in der Apfelfüllung und kurz vor Schluss mit Eiermilch übergossen. Das machte die Hülle besonders schön knusprig. „Resch", sagte Tante Berti.

Nachdem er bald nichts mehr in sich hinein stopfen konnte, versuchte Michael, seiner Tante ein paar Infos zu entlocken.

„Morgen liest du das eh in der Zeitung, darum erfährst du's exklusiv von mir: es gibt schon wieder eine Leiche, die aus der Oberpfalz stammt. Ein Mann. Aus Regensburg."

Berti war neugierig geworden.

„So? Regensburg? Was macht der dann bei uns?"

„Hergezogen ist er von dort. Auch erst nach der Landesgartenschau. Gut, ich weiß jetzt nicht, ob er wirklich auf der Gartenschau war, aber drei Leichen bei uns? In einer Woch'? Alle aus der Oberpfalz?"

Berti nickte. „Drei zu viel, sag ich!"

„Freilich", überlegte Michael und gab zu: „Unsicher ist das schon, dass da was zusammenhängt. Aber wie gibt's das, dass mir der Obermeier – weißt schon, der Kommissar – bestätigt hat, dass die anderen zwei auch mal dort wohnten, und jetzt hat wieder einer dran glauben müssen. Manchmal glaub ich, das muss fast so sein, dass ich da Gemeinsamkeiten wittere. Höhere Eingebung?“

„Dir tut deine spinnerte Freundin wohl nicht gut“, meckerte Berti, die Conny nur vom Hörensagen kannte und dennoch annahm, die *orangene Hex’* könnte ihren einzigen Neffen durcheinander bringen.

Michael verwahrte sich dagegen: „Conny ist eine ganz tolle Frau, die mir oft geholfen hat bei meinen Ermittlungen. Außerdem mag ich sie halt einfach. Und: hast du nicht erzählt, in den Nächten auf der Alm sei es manchmal so komisch gewesen, als ob Gespenster klopfen täten? Kobolde? Kleine Manderl?“

„Das is’ was anderes gewesen. Es gibt halt Dinge zwischen Himmel und Erde …“

„Siehst!“, triumphierte Michael. „Du und die Conny, ihr würdet euch bestimmt gut verstehen.“

„Sonst noch was.“

Berti räumte Michaels Teller in die Spüle.

„Wie heißt es denn?“

„Was? *Es*?“

Berti schnaufte auf.

„Das Opfer halt, meine Güte.“

„Äh?“ Michael brauchte eine Zeit lang zum Nachdenken. Der Kommissar hatte den Namen erwähnt. Er hatte sich doch eine Eselsbrücke gebaut, nachdem er keuchend auf den Berg gerannt war.

„Renner! Genau. Adolar Renner hat er geheißen.“

Berti musste nur kurz überlegen.

„Nein, kenn ich nicht. Aber wart’, Adolar. Da sagt man doch Adi zu ihm?“

„Äh. Ja. Wahrscheinlich.“

„Da war nämlich, jetzt, weil du’s sagst, auf der Gartenschau einer, den der Sepp, also der Josef Falterer damals mit Adi angesprochen hat. Genau: so Mitte Juli war das, soweit ich’s noch weiß.“

Michael staunte über das sagenhafte Erinnerungsvermögen seiner betagten Verwandtschaft. Er schämte sich fast, selbst so ein schlechtes Namensgedächtnis zu haben.

„Ist ja super!“

Berti meinte: „Das was früher war, weiß ich halt noch alles ganz genau, aber wo ich vorhin die Sprudeltabletten für meine Zähn’ hingelegt hab, könnt i ums Verrecken nimmer sagen.“

Jetzt hatte ihr Neffe sie doch glatt verleitet, etwas vom Apfelstrudel mitzuessen. Die vorherige Gebissreinigung war also völlig umsonst gewesen.

„Da“, half Michael, „hinter der Kaffeemaschin’. Und wegen dem Adi: könnte der nicht auch Adolf geheißen haben?“

„Geh“, winkte Berti ab, „so heißt doch schon lang keiner mehr.“

Als er vom Margarethen-Hof zurück in die Stadt fuhr, war Michael guter Dinge. Erstens, weil für den frühen Freitagabend überraschend wenig auf den Straßen los war, und zweitens, weil er Obermeier mit einem neuen, wenn auch schwachem Indiz überraschen konnte.

13. Neuigkeiten

Vom Föhnwind war in der Stadt nicht ganz so viel zu spüren. Ein laues Lüftchen wehte aber noch immer, als Michael seinen Smart zum zweiten Mal an diesem Freitag auf der Loretowiese parkte. Winter ging anders! Michael fürchtete, der würde dann überfallartig ins Land rücken, wenn niemand mehr damit rechnete, Ende März, Anfang April, und dann könnte es wieder bis in den Mai hinein schneien. Alles schon mal dagewesen, schauderte Michael und meldete sich kurz darauf an der Pforte des Präsidiums bei Kriminalhauptkommissar Obermeier an.

Der hatte doch tatsächlich ein paar Minuten Zeit für den privaten Kriminalisten.

„Und?“, fragte Obermeier ihn, ohne sich lang mit einer Begrüßung aufzuhalten. „Hat sich Ihr Gebirgs-Ausflug für Sie gelohnt?“

„Nicht wirklich“, gab Michael ernst zu. „Den Namen des Opfers hätte ich anderweitig auch erfahren. Aber so wusste ich ihn wenigstens schon, als ich meine Informantin nach ihm gefragt hab.“

„Ach geh zu“, fränkelte Obermeier, „eine Informantin haben S' auch? Ist das die Dame, die beim Fall Bernhuber dabei war?“

Michael rutschte unruhig in seinem Besuchersessel von einer Backe auf die andere.

„Nein, die nicht. Meine Tante Berti ... ist ja wurscht. Jedenfalls kann es sehr gut sein, dass auch dieser Tote, Adolar Renner, 2010 auf der Gartenschau in Rosenheim war!“

Obermeiers Besenreiser kamen in Fahrt.

„Wie?“

„Ein gewisser *Adi* hatte womöglich mit Sepp Falterer auf der Schau Kontakt gehabt.“

Obermeier erfasste schnell, was Michael ihm da verriet.

„Warthens, allmählich glaub ich, Sie spinnen sich da was zusammen. Aber wenn das tatsächlich stimmt …“

„… dann gibt es zwischen den drei Fällen eine Verbindung!“, vollendete Michael den Satz. Er machte einen auf Underdog: „Mit meinen bescheidenen Möglichkeiten kann ich natürlich kaum beweisen, dass alle drei, vielleicht sogar zur gleichen Zeit, damals die Blümchenschau besucht haben. Sie schon, Kommissar, oder?“

Obermeier wirkte zum ersten Mal, seit Michael ihn kannte, auffallend nervös.

„Ja, natürlich, Warthens.“ Er grübelte über irgendetwas nach. „Dass die drei Opfer aus dem Raum Oberpfalz stammen und nach der Gartenschau nach Rosenheim gezogen sind, das ist schon wahr. Und wann, sagten Sie, hat Ihre Informantin …“

„Meine Tante Berti“, ergänzte Michael.

„… also Ihre Tante Berti, wann hat sie diese Begegnung auf der Gartenschau gehabt?“

„Äh, so Mitte Juli, hat sie mal erwähnt.“

Michael kannte Obermeier kaum wieder. Zitterte seine Hand, als er den Telefonhörer abhob? Gut, konnte vielleicht beginnendes Parkinson sein, mutmaßte er.

„Kommissar Jonas“, plärrte der Hauptkommissar ins Telefon, „versammeln Sie alle im Besprechungsraum. Ja, Raum 14! Alle! Sofort!“ Er knallte den Hörer auf.

Michael deutete das als Signal zum Aufbruch.

„Na dann, viel Erfolg!“, wünschte er Obermeier halbwegs jovial.

Dem Kommissar war nicht zum Scherzen.

„Mensch, Warthens“, stöhnte er, „wenn sich herausstellt, dass wir recht haben …“ Er stützte sich mit beiden Händen auf den Schreibtisch und wiegte fassungslos seinen Kopf hin und her.

„Wir?“, staunte Michael. „*Ich* hab recht, werden S’ schon sehen.“

„Ja, wahrscheinlich.“

Obermeiers Telefon klingelte in Ton und Höhe genauso nervtötend laut wie die Feueralarmglocke an Michaels Schule in den 1960er-Jahren.

Der Kommissar hob ab, hörte kurz zu und befahl: „Senden Sie alle Unterlagen zu 2010 aus dem Archiv in Raum 14 … ja, alle … was? Meinetwegen … und auch aus-ge-druckt!“

Schnell und zielsicher kramte er einen verstaubten Ordner aus dem riesigen Aktenschrank an der Seitenwand und knallte ihn auf den Schreibtisch. Ohne einen Gruß, mit kurzen, erstaunlich schnellen Schritten verschwand der Kommissar durch die Bürotür, ließ sie offenstehen – und Michael allein.

SISSI
(Samstag, 09. Februar)

Franziska Mayer wurde seit ihrer Kindheit Zissi gerufen, und weil selbst das Z noch zu anstrengend für so manche Zunge war, wurde bald eine Sissi aus Franziska. Das hatte sich bis jetzt nicht geändert, auch wenn Sissi die Fünfzig überschritten und lediglich ein paar Pfunde mehr auf den Hüften trug als zu ihren Teenagerzeiten. Für ihr Alter sah sie unglaublich jung aus. Die wenigen Falten, die sich in ihr schmales, kindhaftes Gesicht geschlichen hatten, trübten diesen Eindruck in keiner Weise. Überhaupt zogen ihre großen, hellwachen Augen jede Aufmerksamkeit auf sich, azurblaue Augen wie ein lichter Frühlingstag. Als natürliche Blondine störte kein einziges graues Haar ihre freche Kurzfrisur mit asymmetrischen Schnitt und koketten Fransen. Da sie kaum über eins sechzig klein war und ihre zierliche Figur gerne in Jeans und bunte Blusen steckte, vermittelte sie den Eindruck einer eher jugendlichen, sportlichen Frau, denn einer zweifachen Mutter und Oma eines kleinen Mädchens.

Ihr Hobby war ihr Garten, den sie hegte und pflegte, ein blühendes Meer aus Sträuchern, Stauden, Blumen und reichlich Gemüse. Sissi konnte sich den ganzen Tag, Woche für Woche um die Pflanzen kümmern. Eine Erbschaft vor ein paar Jahren hatte sie finanziell unabhängig gemacht. Das passte wie geölt, weil sie sowieso nach Rosenheim hatte umsiedeln wollen. Als erstes hatte sie das Haus mit dem riesigen, verwilderten Garten gekauft, das etwas abgelegen von der Stadt, einsam und von ein paar Bäumen umgeben, ihr einen fantastischen Blick auf die Berge schenkte.

Der Föhnsturm, der vom Inntal heraus überfallartig im Land gewütet hatte, hatte auch Sissis Garten nicht verschont, als hätte jemand mit einem riesigen Rechen alles wahllos darin durchkämmt. Von Süden war der Sturm in die Winterquartiere für die Igel – lockere Laubhaufen – gefahren. Sissi hatte Herbst- und Winterstürme von Westen her erwartet und die Quartiere in weiser Voraussicht am Zaun auf der Ostseite platziert. Da, wo sie herkam, hatte es das Föhn-Phänomen nie gegeben, und seit sie in Rosenheim wohnte, war dieser Südwind noch nie so außergewöhnlich heftig aufgetreten. Jedenfalls nicht in ihrem Garten.

Draußen gelassene Blumentopf-Pyramiden hatten nicht standgehalten. Auch der im Herbst gepflanzte, junge Zwetschgenbaum zeigte arge Schlagseite.

Sissi musste aufräumen.

Jemand wusste das.

Ob das alles wirklich der Sturm angestellt haben konnte, fragte sich Sissi. Und wo war die Spitzschaufel, die auch im Winter immer an der Regentonne lehnte? So weit konnte das massive Ding doch gar nicht geflogen sein, dass sie es nun nicht mehr fand. Vielleicht war es unter das Vordach des Kellerfensters geschlittert. Sie musste sich hinknien, um dort nachzusehen. Ein Geräusch, als knistere der Rasen hinter ihr, alarmierte Sissi. Ein Tier? Sie wagte einen Blick zur Seite und erfasste die Umrisse eines Schattens, der sich auf dem Rasen formte: die Spitzschaufel mit ihrem gebogenen Stiel, und die Arme eines Menschen! Sie schaffte es nicht mehr, sich aufzurichten. Im letzten Augenblick begriff sie, dass es dafür zu spät war.

Als Sissis Freundin Erna sie am Nachmittag besuchen wollte, wunderte sie sich, in welch wüstem Zustand Sissi den Garten gelassen hatte. Vielleicht war sie ja am Vormittag nur noch nicht dazu gekommen, ihn wieder herzurichten. Erna lehnte ihr Fahrrad an den Zaun, hievte den Korb mit dem selbstgebackenen Apfelkuchen vom Gepäckträger und schlenderte über den Kiesweg, der zur Haustür führte. Die Tür stand offen.

„Sissi!"

Erna bekam keine Antwort. Sie versuchte es ein zweites Mal: „Sissilii!"

Mit dem komischen Gefühl, das sie beschlich, stellte Erna den Korb im Flur ab. Vielleicht war Sissi ja hinter dem Haus.

„Sissiii!“

Auch dort wurde Erna nicht fündig. Kopfschüttelnd ließ sie ihre Blicke über den Garten gleiten. Der Föhnsturm gestern und über Nacht hatte ganze Arbeit geleistet. So würde die ordentliche Sissi das niemals stehen lassen.

Hatte Sissi den zweimal zwei Meter großen Komposthaufen umgegraben? Jetzt? Im, na ja, Winter?

Erna schmunzelte, als ihr einfiel, die eingezäunte Stelle sehe aus wie ein Hügelgrab.

Die Finger einer menschlichen Hand ragten aus der Erde. Durch die Wärme bereits aktive Ameisen krabbelten geschäftig darauf herum. Ein paar Schaben wuselten um den zum Himmel gerichteten Zeigefinger.

Ernas schrecklichen Schrei hörte niemand.

Nachdem die Polizei möglichst viele Spuren gesichert hatte, und die Forensiker die Leiche vorsichtig ans Tageslicht holten, stellten sie verblüfft fest, dass die kreuzbrave Sissi ein Bauchnabel-Piercing besaß, ebenso eine Tätowierung auf Höhe Blinddarmgegend. Ein ziemlich unflätiges Tattoo.

DIE NEUE STADT

Der eine Fluss dampfte über seinem schmutzig-grünen Wasser, und der andere, schmalere versuchte sein ockerbraunes Wasser in den breiteren zu schieben. Die beiden Flüsse kämpften hier seit Urzeiten um die Vorherrschaft. Natürlich gewann stets der breitere und tiefere. Dafür hatte sich der kleinere immer mal wieder gerächt und seine Fluten in die Stadt fließen lassen, weil der große Fluss sein Wasser nicht aufnehmen wollte, und der Kleine sich dadurch zurückstaute. Für die Stadt war der Kleine der gefährlichere, und alle paar Jahre wurden die Dämme weiter erhöht.

Die vier Gespenster hatten sich wiedergefunden. Ihr erstes Treffen hatten sie auf den Ort des Zusammenflusses der beiden Gewässer gelegt, eine spitz zulaufende Landzunge. Nie hatten sie die Bedeutung des einen Flusses für ihr eigenes Schicksal vergessen. So also war es nur recht und gerecht, sich hier neu zu formieren. Nun waren ja alle vier an den Ort zurückgekehrt, der ihr Leben verändert hatte. Sie hofften, niemals in Zusammenhang gebracht zu werden. Wenn sie sich einmal im Jahr hier trafen, sollte das genügen. Und wieder: keine Telefonate, keine Mails, Briefe oder andere Kontakte.

Für einen war es diesmal schwieriger geworden, den Treffpunkt zu erreichen. Aber seit der Gartenschau besaß das Gelände an den Flüssen viele gerade und ebene Wege.

Auch für Rollstuhlfahrer bestens geeignete.

14. Sonntags

Obermeier hatte Michael am Freitag in seinem Büro stehen lassen, als er wäre er Luft. Ohne ein weiteres Wort war der Kommissar zu Raum 14 verschwunden. Anscheinend besaß er mächtiges Vertrauen in den Warthens. Wusste er denn, ob Michael sich nicht gründlicher in Kommissars Büro umschaute, als ihm lieb sein konnte? Der vorläufige Bericht über Adi Renners Todesursache, die Michael bis dahin immer noch nicht gekannt hatte, war jedenfalls offen vor ihm gelegen. Was aber war in dem Aktenordner, den Obermeier auf seinem Schreibtisch zurück gelassen hatte?

Michael hatte zehn Minuten später das Präsidium verlassen, und zwar definitiv schlauer als er hineingegangen war. Die Fotos auf seinem Smartphone hatten Zuwachs bekommen.

Gestern, am Samstag, hatte er sich die von ihm für relevant gehaltenen und deshalb eilig fotografierten Akten angesehen. Jetzt, am Sonntagmorgen, hing eine trübe Sonnenscheibe über der Stadt, die kaum besseres Licht als eine alte Gaslaterne spendete. Trotzdem fühlte sich die Luft draußen gar nicht so kalt an, wie Michael befürchtet hatte. Während er zu Conny fuhr, wurde ihm unter der dicken Winterjacke fast schon zu warm. Er drehte die Heizung des Smarts auf Halbmast. Conny hatte ihn zum Sonntagsfrühstück eingeladen, worauf er sich sehr freute, denn Tante Berti war bei einer Bäuerin in Flintsbach am Inn zu Besuch. Also blieb Tanterls Herd heute kalt.

Nach Michaels Andeutung auf einen dritten Mord innerhalb weniger Tage wartete Conny sicher begierig auf seine Ausführungen. Hübsch war sie anzusehen in einem ausnahmsweise mal frischgrünen Kleid, das im Kontrast zu ihrem rötlichen Haar und den Sommersprossen fast schon an Frühling denken ließ.

Der leichte Hintergrundgeruch nach Räucherstäbchen aller Art hing in ihrem Wohnzimmer immer in der Luft. Heute hatte sich Kaffee- und Waffelduft dazugesellt. Michael fühlte sich sofort wohl. Sogar Kater Fox schmiegte sich an seine Beine und schnurrte.

Nach ihrer Begrüßung mit Küsschen links, Bussi rechts, nahm er auf dem Stuhl an der Stirnseite des Esstischs Platz.

Da seine Geruchsnerven am Morgen noch ziemlich unbelastet alles erschnupperten, was ihn unsichtbar umgab, hatte ihn die kurze Berührung mit Conny an eine ihrer ersten Begegnungen in der Neuzeit denken lassen.

Vor ungefähr zwei Jahren hatten sie sich zum ersten Mal mit einer Umarmung begrüßt. Sofort hatte er den Geruch wahrgenommen, der aus ihrem Hals zu strömen schien wie von einem feinen, edlen Parfum. Er hatte ihm ein wohliges Kribbeln unterhalb seines Bauchnabels verursacht, als erinnerte sich selbst der alte Gauner dort unten an seine beste Zeit mit Conny. Dass es kein Duftwässerchen war, sondern der sympathische Duft ihrer Haut, hatte es ihm schwerfallen lassen, nicht noch länger an ihrem Ohr zu schnuppern. Damals wie heute trug sie kein Parfüm, das ihre Ausstrahlung beeinträchtigte. Dieser erste, nahe Kontakt zu ihr nach fast vierzig Jahren erschien ihm, als hätte es die Zeit dazwischen nie gegeben. Die Erinnerung an die kurze, intensive Zeit mit Conny nach dem Abitur war durch den sinnlichen Geruch sofort wieder da, so wie man bei einer bestimmten Musik, einem Song, längst Vergangenes im Kopf auferstehen lässt. Das überraschende Gefühl, als wäre durch ein Bild, einen alten Hit, oder eben durch einen speziellen Duft, eine vergessen geglaubte Zeit neu geboren, verschwand oft so schnell wieder, wie es gekommen war. Conny und er waren danach einem sofortigen Blickkontakt ausgewichen, wie betäubt durch diesen Moment.

Jetzt stierte Michael über den hübsch gedeckten Tisch und fixierte den dezent bunten Blumenstrauß zwischen Brotkörbchen und Marmeladenglas.

„Schön, dass du da bist Mike“, wiederholte Conny absichtlich laut und riss ihn damit aus seiner Erstarrung. „Und du brauchst was zum Aufwachen! Kaffee vielleicht?“

Conny schob ihm die Kaffeekanne vor die Tasse. Sie wusste, er mochte es nicht, sich bedienen zu lassen.

Da Conny bereits eine volle Tasse in die Hand genommen hatte, griff Michael nach der Kanne und schenkte sich ein. Schwarz genügte ihm.

„Also“, begann Conny, „du hast gesagt, es gäbe Neuigkeiten wegen Loretta. Und einen dritten Mord?“

„Ich denke, ja.“ Michael schlürfte ein wenig beim Trinken. Der Kaffee war verdammt heiß. „Du hast doch erwähnt, dass dein Exmann aus der Oberpfalz stammt.“

Conny nickte und sah ihn fragend an.

„Deine Kundin Loretta kam ursprünglich auch daher, der Falterer Sepp höchstwahrscheinlich auch, und nun ist ein gewisser Adi Renner, man hat ihm den Hals durchtrennt, ebenfalls mausetot. Ein ehemaliger Regensburger!“

„Zufall, oder?“

Michael zuckte mit den Schultern und verteilte anschließend einen Löffel Honig auf eine warme Waffel. Alles Bio natürlich.

„Die drei waren auf der Gartenschau 2010 und kannten sich vielleicht. Jedenfalls hat meine Tante Berti da einiges gewusst.“

„Na ja“, tat Conny skeptisch, „ich weiß ja nicht, wie viele Besucher in dem Jahr dort waren, aber ein paar Hundert aus der Oberpfalz werden es schon gewesen sein, oder!“

„Die leben aber hoffentlich noch“, erwiderte Michael mit vollem Mund. Er spülte mit Kaffee nach.

„Und außerdem scheint es damals einen Vorfall gegeben zu haben, den mir der Kommissar zwar verschweigt, aber von dem ich in seinem Büro erfahren hab’.“

Gespannt auf die Neuigkeiten wartete Conny, bis Michael den nächsten Bissen geschluckt hatte.

„Jetzt lass dir halt nicht alles so zäh wie meinen Honig aus der Nase ziehen. Hat er dir denn verraten, was für ein Vorfall?“

„Nein! Das darf er ja nicht. Ich weiß nicht, ob es seine Absicht war, aber ich konnte mir ein paar Unterlagen genauer anschauen, als ich allein in seinem Büro war."

„Was?", staunte Conny und stieß ihren Löffel in die Müslischale neben ihrer Tasse. „Der hat dich allein in seiner Amtsstube gelassen?"

„Ich sag ja, vielleicht sollte ich sehen, was ich gesehen hab', weil ich ihm meinen Verdacht mit dem Zusammenhang der drei Morde verklickert habe."

Michael machte große Augen und grinste dazu schelmisch. „Und weil er mich deswegen so mag, weiß ich jetzt, dass am 18. Juli 2010, einem Sonntag, direkt neben dem Gelände der Rosenheimer Landesgartenschau jemand einen Unfall hatte. Da lag sogar eine Zeitungsmeldung oben auf, die der Obermeier wohl zu der Besprechung nicht brauchte, wohin er abgedüst war. Die haben ja alle Fotos und Meldungen digitalisiert. Nur der alte Obermeier besaß noch die Originale."

„Ja und?", hakte Conny nach. „Was für ein Unfall denn?"

Michael zückte sein Smartphone, tippte ein Foto an und las: „Wie in der gestrigen Ausgabe erwähnt, stammt der verunfallte und verstorbene Olaf Z. aus Dresden. Der Zweiundvierzigjährige gehörte zum Personal der Catering-Firma, die die LGS gastronomisch betreut. Die Polizei macht keine näheren Angaben zur Unfallursache. Es gibt aber Gerüchte, nach denen Olaf Z. zum Zeitpunkt des Unfalls stark alkoholisiert gewesen sein soll."

Conny schüttelte skeptisch den Kopf.

„Mike, wieso soll das mit den aktuellen Fällen zusammenhängen? Ein Unfall ..."

„... war es laut diesem Pressebericht. Aber Obermeier hat ausgesehen, als steckte da mehr dahinter. Als wäre ihm irgendwas eingefallen, das mit der Gartenschau, diesem Unfall und den jetzigen Opfern in Verbindung steht!"

Michaels Handy klingelte weihnachtlich.

„Detektei Warthens." Er hörte aufmerksam zu.

Bestürzt bemerkte Conny, wie er dabei blass und blasser wurde. Als er aufgelegt hatte, sah er sie konsterniert an. Alle Farbe war aus seinem Gesicht gewichen.

„Um Gottes willen, Mike!“ Erschrocken sprang Conny auf und beeilte sich, ihm ihre Hand freundschaftlich auf seine Schulter zu legen. „Was ist denn los?“

„Der Kommissar. Es gibt ein weiteres, ein weibliches Opfer. Man hat die Frau ermordet und begraben in einem Komposthaufen gefunden. Die Frau war vor zwei, drei Jahren nach Rosenheim gezogen.“

„Lass mich raten von wo.“

„Regensburg. Genau.“

15. Ende eines Sonntagsfrühstücks

Michael schluckte die restliche halbe Tasse Kaffee in einem Zug. Die warme Brühe landete nach ihrer kurzen Reise durch die Kehle sanft in Michaels Magen. Seine Theorie hatte sich soeben arg gefestigt, wenn auch nicht bestätigt.

Flüchtig fragte er sich, ob Obermeier ihn in die Ermittlungen einbinden würde. Den Gedanken schleuderte er gleich wieder in die ungewisse Zukunft seiner Laufbahn. Wenn überhaupt, dann ließ der Kommissar höchstens mal den einen oder anderen Hinweis fallen, damit er Michael an seiner polizeilichen Leine halten konnte. Sah Obermeier Michael Warthens, den Zeugen und Informanten, als nützlichen Idioten? Saß der Herr Kriminal-Hauptkommissar wirklich so sehr auf seinem hohen Ross, nach all den Fällen, bei denen sie sich doch erfolgreich ergänzt hatten?

Zweifel waren angebracht. Michael hörte Conny aufmerksam zu, nachdem er ihr seine Bedenken offeriert hatte.

„Mike, du musst ihm ja nicht auf Biegen und Brechen deine Theorie beweisen. Lass mal den Kommissar seine Arbeit machen, und er wird schon selbst sehen, wie recht du hast. Er wird es rauskriegen."

„Er muss es jetzt sehen", grummelte Michael, „gerade jetzt, wo sich auch noch ein viertes Mordopfer als ehemalige Regensburgerin entpuppt. Schließlich hat er ja die Unterlagen von 2010 rausgekramt. Also war damals etwas passiert, das ihn ganz gewaltig an diesen Unfall erinnerte, mit dem er sicher beruflich zu tun hatte. Und irgendwie muss er eine Idee haben, dass der Tod dieses Catering-Fuzzis mit den jetzigen vier Opfern in Verbindung steht."

Wieder erklang *Jingle-Bells* aus seinem Smartphone. Conny setzte an, ihm zu raten, er solle endlich einen anderen Klingelton eingeben. Doch Michael deutete ihr mit einer wischenden Handbewegung, sie solle still sein.

Er schluckte, legte das Smartphone zurück auf den Tisch und starrte es an, als sei es der Teufel persönlich.

„Mike, was ist jetzt schon wieder?"

Bei einem anderen Anlass hätte Michael ihr flapsig geantwortet, ob sie es dank ihrer Hellsichtigkeit nicht sowieso wissen sollte. Er zog seine Brauen zusammen und fasste sich stöhnend mit Daumen und Zeigefinger an der Nasenwurzel.

„Obermeier! Ich weiß nicht wieso, vielleicht, weil er mich vorhin als letzten angerufen hat, meine Nummer auf seinem Handy gespeichert und als erstes zu sehen war – er ist in Schwierigkeiten, schätze ich."

„Was?" Conny lief vor Aufregung krebsrot an. „Welche Schwierigkeiten? Er hat dich doch vorhin aus dem Präsidium angerufen!"

„Nein. Handy. Und jetzt wieder. *Warthens*, hat er aufgeregt geraunt, *rufen Sie meine Kollegen, ich bin* … und dann hörte ich ein Aufstöhnen. Jemand schnaufte hektisch und dann war's plötzlich still."

„Wo ist Obermeier denn jetzt?" Conny verschüttete mit einer unkontrollierten Handbewegung Kaffee über den Tisch. Egal.

„Ja was weiß ich, wo der ist, Mensch!" Michael fuchtelte mit den Händen hilflos in der Luft herum. „Irgendwo!"

„Wir – wir – nein: *du* musst seine Leute verständigen", stammelte Conny.

Michael hielt nichts mehr am gemütlichen Frühstückstisch.

„Das hörte sich an, als hätte er einen Unfall gehabt. Da war aber noch wer. Ich glaube, er hatte Angst. Vielleicht ist er entführt worden. Conny, ich fahr ins Präsidium, und du rufst bitte sofort dort an. Die sollen sein Handy orten."

Hoffentlich, dachte er, glaubten ihm die Kasperls von der Polizei.

An der Pforte wusste man schon Bescheid. Conny hatte in der Zwischenzeit telefonisch gute Arbeit geleistet. Michael sollte warten, bis ihn Kommissar Jonas abholte. Jonas! Michael kannte Obermeiers Assistenten von seinen diversen Fällen. Damals war er noch kein Kommissar, aber er hatte wohl Karriere gemacht. Der Alte war nicht immer schonend mit seinem jungen Schatten umgegangen. Er hatte ihm gerne mal sogar vor Michael gezeigt, dass er als junger Beamter in der Praxis noch einiges zu lernen habe.

Auch Jonas und Michael waren sich nicht ganz grün, aber in diesem Moment kam es darauf nicht an. Michael entschloss sich, fair und sachlich zu bleiben.

Jonas kam herbeigeschlendert, als ginge es darum, einen Strafzettel wegen Falschparkens einzukassieren. „Warthens", begann der frischgebackene Kommissar, wie Obermeier es ebenso getan hätte, „was hörte ich da? Der KHK sei entführt worden?"

Beim Wort *entführt* zeichnete er Häkchen in die Luft. Er grinste über sein ganzes hageres und winterblasses Gesicht, als hätte der Besserwisser mit Detektiv-Lizenz einen blöden Witz gerissen.

„Jonas", glich Michael mit seiner Anrede aus, „wenn Sie es schon gehört haben, dann tun Sie auch was, damit keine Katastrophe draus wird – schon gar keine, die man Ihnen dann anhängt!"

Michael war laut geworden, und Jonas wankte tatsächlich.

„Okay, Warthens", Jonas grinste nicht mehr, „überzeugen Sie mich." Er tat, als striche er genervt mit den Fingern durch eine Langhaarfrisur auf seinem Kopf, wobei dort ausschließlich kurze, schwarze Stoppeln wuchsen, die an einen jungen Igel erinnerten.

Michael erklärte in deutlichen Worten, was er gehört hatte, warum Obermeier vermutlich ausgerechnet ihn, den Warthens, mit seinem Handy gerufen hatte, und dass der Kommissar, wenn vielleicht nicht entführt worden war, sich doch zumindest in einer erheblich misslichen Lage befinden musste.

„Handy", sagte Jonas und streckte sein Hand aus. Michael überließ ihm sein Smartphone, dachte, eine Quittung dafür wäre auch nicht schlecht und folgte Jonas.

Der stoppte seinen Verfolger.

„Nehmen Sie im Warteraum Platz. Ich versuche, die Kollegen von der Technik zu erreichen. Die sehen sich Ihre letzte Verbindung mit dem Chef an und versuchen dann, seines zu lokalisieren. Handyortung ist deren Spezialität – unter anderem."

Schon nach zwanzig Minuten kam Jonas zurück. Ein paar Stirnfalten schienen sich innerhalb dieser kurzen Zeit tiefer in seine Haut geschnitten zu haben.

„Die Kollegen brauchen ein wenig Zeit." Mit schwerem Stöhnen setzte sich Jonas neben Michael. „Wissen Sie, wenn der Verdacht auf eine Straftat besteht, dürfen, oder besser müssen wir ein Handy orten. Leider kommt das öfter vor, als man vielleicht glaubt. Geht aber nur in Verbindung mit dem Mobilfunkbetreiber. Und die Lokalisierung klappt nur, wenn der Netzbetreiber mitspielt. Handys kommunizieren immer mit den nächstgelegenen Sendemasten, und die decken jeweils einen genauen Bereich ab. Kennt man den Sendemast, kann man den Standort eines Handys bestimmen."

Michael staunte, wie offen ihn der junge Kommissar aufklärte. Vielleicht hatte er ja Angst um seinen Boss.

„Na schön, ich habe Ihnen jetzt mein Handy gegeben, das heißt, meine Zustimmung, es für fahndungstechnische Zwecke benutzen zu dürfen. Aber darf die Polizei so einfach andere …?"

„Nein, nein", wiegelte Jonas ab, „wie gesagt, wir wenden Handyortung nur an, wenn eine Gefahr für den Besitzer besteht, oder eine von ihm ausgeht. Prinzipiell aber dürften wir schon."

Na sauber, dachte Michael, sollte ich öfter mal ausschalten, das Ding. Nicht dass die mich bei Conny erwischen. Beim Teetrinken.

Laut sagte er: „Wie lang wird es dauern?"

Jonas meinte, nicht allzu lange.

„Eine Streife ist übrigens bei Obermeiers Wohnung gewesen und erfolglos wieder abgezogen. Die Putzfrau hat sich erschreckt, als sie unseren Leuten aufmachte und die Uniformen sah. Kommt aus Pakistan, glaube ich, da haben die kein großes Vertrauen in Uniformierte. Jedenfalls hat sie ihren Chef länger nicht gesehen, und wegen seiner Dienstzeiten schaut sie auch mal am Sonntag nach dem Rechten. Hat selbst einen Schlüssel und ...“

Aus Jonas’ Jacke kam Sirenengeheul. Hastig tappte er danach und nahm ab.

„Wir haben ihn.“

„Es“, berichtigte Michael, „Sie haben sein Handy.“ Eine düstere Ahnung beschlich ihn. „Heißt ja nicht, dass er es hat!“

16. Gefunden

Warum, zefix, musste Michael in solchen Sachen immer richtig liegen. Er war Jonas und dem Einsatzwagen mit seinem Smart gefolgt, was für ihn ja schon fast zur Gewohnheit wurde, und stoppte nun in gebührendem Abstand hinter dem Polizeifahrzeug. Jonas stieg rechts aus. Beinahe wäre er die Böschung hinabgeplumpst, die hier in der scharfen Rechtskurve der Umgehungsstraße steil abfiel. Das Straßenstück war die Auffahrt zu einer Hauptstraße im Süden der Stadt, Einbahn ohne Gegenverkehr.

Zwei Uniformierte kletterten über die Böschung und hatten nach wenigen Augenblicken ein Handy – *das* Handy gefunden. Es war wohl aus einem Auto geworfen worden. Obermeier selbst hatte das sicher nicht getan. Man hatte es ihm abgenommen! Gleich, nachdem er Michael angerufen hatte?

Wahrscheinlich. Der oder die Entführer – und davon ging Michael aus – hatten spitz bekommen, wie Obermeier ins Telefon geflüstert hatte.

Jonas winkte Michael zu sich. Er hatte aufgegeben, sich gegen Michael zu wehren. Der Privatschnüffler hatte in diesem Fall tatsächlich einen guten Riecher gehabt.

„Nun haben wir gar nichts", lamentierte Jonas, „womit wir ihn finden könnten."

„Sie sehen doch auch eine Entführung, oder?", zweifelte Michael.

Jonas hob die Schultern. „Was sonst? Er wird sich kaum klammheimlich absetzen wollen. Ende des Jahres geht er in Pension. Oder auch nicht, wer weiß."

Michael hörte gar nicht zu.

„Was könnte das Motiv sein?"

„Sie sind gut", grinste Jonas schräg und fies, „ehemalige Häftlinge, die er gefasst hatte und nun Rache wollen, laufen in Scharen frei herum."

„Gibt's denn nichts Aktuelles, das mit seinem Verschwinden in Verbindung stehen könnte?" Michael fragte bewusst unschuldig. Schließlich wusste er ganz genau, die vier Toten und Obermeiers geheimnisvolle Erinnerung an einen Vorfall während der Gartenschau hatten den Hauptkommissar ziemlich aus der Fassung gebracht.

Jonas räusperte sich.

„Wir – wir hatten eine Besprechung vor kurzem, ja. Er hat auch Sie erwähnt, Warthens. Es gibt da was, das dahinterstecken könnte. Aber das erörtern wir jetzt nicht hier. Außerdem muss ich eine Fahndung rausgeben."

„Fahndung?" Michael staunte. Hatte Jonas bereits einen Täter im Visier?

„Nach Kriminalhauptkommissar Obermeier natürlich!"

Michaels Blicke streiften über die Auenlandschaft des Viertels Kastenau im Südosten der Stadt. Die Verbindungsstraße zwischen der östlich des Inns gelegenen Gemeinde Stephanskirchen und dem Rosenheimer Stadtteil Happing durchschnitt den entlaubten Auenwald. Grau, Braun, schmutziges Gelb waren die dominierenden Farben des Winterwalds. Hätte sich Schnee darüber gebreitet, hätte nicht alles so trostlos und dunkel dagelegen. Aber kein Flöckchen schickte sich aus dem taubengrauen Himmel an, die Landschaft gnädig zu bedecken und aufzuhellen. Im Gegenteil. Der Wind schien wieder wärmer zu werden.

Der Geister Ängste

Wenn zwei Frauen und zwei Männer sich am Zusammenfluss zweier Gewässer treffen, wird schon mal gegrillt, viel getrunken, gescherzt und gelacht. Es werden Witze erzählt, und manchmal entstehen daraus anzügliche Andeutungen. Diejenigen, bei denen die Erotik im Leben keine Rolle mehr spielt – aus welchen Gründen auch immer – übernehmen dabei oft den treibenden Part. Sie steigern sich hinein in die Lust, schmutzige Scherze zu machen und weiden sich an den Reaktionen der Männer und den verhaltenen Lachern der Frauen, die peinlich berührt sind. Und doch lassen sie zu, wie sich der Witzbold unter ihnen hineinsteigert in sexistische Schmutzeleien, die am Ende gar nicht mehr scherzhaft sind, sondern nur noch zum Fremdschämen.

So geschieht es auch bei den Vieren, die sich auf den Weg in die neue Stadt gemacht hatten. Sie sitzen um den Camping-Grill herum, den sie wohl zum letzten Mal in diesem Herbst hierher geschleppt haben. Der Rollstuhlfahrer wendet die Koteletts, übergießt sie mit dunklem Bier und saugt anschließend den Rest aus der Flasche. Die Stimmung ist wie immer nicht besonders fröhlich, eint sie doch ein schreckliches Geheimnis, das sie hierher verschlagen hat. Doch allmählich verdrängen sie an diesem dämmernden Abend ihre eine Gemeinsamkeit. Sie wollen endlich frei sein. So viel Gras ist seither über die Sache gewachsen, so hoch, dass es wohl niemand mehr abmäht. Sie fühlen sich sicher.

Wein und Bier tun ihr Übriges. Der Alkohol lockert die Zungen. Die zwei Frauen plaudern über Tattoos. Die etwas ältere, blonde und zierliche zieht plötzlich ihre Bluse hoch, öffnet ihre Hose und entblößt so ein gestochenes Bild unter ihrem gepiercten Bauchnabel: ein roter Frauenmund mit herausgestreckter Zunge, der an dieser Stelle wie eine Aufforderung wirkt. Die andere Frau, die mit Männern ihr Geld verdient, nickt wissend, anerkennend über den Mut, sich so etwas stechen zu lassen. Viel weiter als im Moment solle sie ihren Hosenbund nicht mehr nach unten ziehen, feixt sie und schielt zu den Männern.

Der dünne, sportliche Mann ihr gegenüber, auch nicht mehr der Jüngste, bekommt Stielaugen und grinst schräg. Er ist zurückhaltender als die anderen. Stiller.

Und der Rollstuhlfahrer lacht dreckig. Das Nabel-Piercing oberhalb der roten Tattoo-Lippe könne man direkt als Nasenring interpretieren. Sofort fällt ihm ein Witz dazu ein. Dann noch einer.

Das Fleisch auf den Papptellern ist bald verzehrt, die Flaschen leer. Fast vergessen sie, warum sie eigentlich hier sind. Warum sie sich immer wieder treffen, immer öfter: um sich gegenseitig im Griff zu haben.

Das Lachen im Halbmondschein klingt gekünstelt, nicht frei wie im sorglosen Spaß. Der bedächtige, dünne Mann, der am wenigsten von ihnen trinkt, wird plötzlich ganz leise. Er mahnt, sie sollten nicht so laut sein. Nicht hier. Ausgerechnet hier!

Er erdet sie wieder. Und plötzlich ist es abermals unter ihnen, das Gespenst der Angst, das sie zu vertreiben versuchten. Stumm löschen sie die verglühende Kohle. Für einen Augenblick vergaßen sie, was sie eint. Sie haben es versucht. Aber der Mond lässt sich nicht vertreiben, dieser lästige Zeuge.

Und nicht nur der Mond beobachtet sie.

17. Erkenntnis

Dass Kommissar Jonas im Moment nicht gar so wie üblich abgeneigt war, den Detektiv an seiner Seite zu haben, wunderte Michael schon ein wenig. Als Zeuge? Oder als Informant? Als Partner? Michael schauderte bei dem Gedanken. Weder der alte, und schon gar nicht der junge Kommissar würden das Wort mit ihm in Verbindung bringen. Tatsache war: Jonas bat Michael, ihm ins Präsidium zu folgen.

Dort war seit Bekanntwerden von Obermeiers höchstwahrscheinlicher Entführung die Hölle los. Die Fahndung lief auf Hochtouren.

„Sie glauben also, der Chef sei wegen der vier Morde entführt worden?", wiederholte Jonas Michaels Annahme.

Er und Michael lehnten am Kaffeeautomaten im Flur und schlürften hektisch lauwarme Brühe, die nach nassem Hund schmeckte, aus Kunststoffbechern.

„Ich weiß ja nicht, was bei Ihrer Besprechung zu den Fällen herauskam", begann Michael, „aber bevor Ihr Chef die Konferenz einberufen hat, war ich bei ihm im Büro. Und ganz klar ist: alle – jetzt sogar vier – Opfer stammen aus Regensburg, oder zumindest aus der Umgebung. Alle vier waren meiner Kenntnis nach Mitte Juli 2010 hier auf der Landesgartenschau. Mitte Juli, genauer am 18., einem Sonntag, wurde ein Mitarbeiter der Catering-Firma für die Veranstaltung tot am Ufer der Mangfall aufgefunden. Jetzt, sechs Jahre später, stellt sich heraus, dass die vier Opfer der letzten Woche allesamt erst in den letzten Jahren nach Rosenheim gezogen sind. Ausgerechnet! Die Reaktion Ihres Chefs auf diese Erkenntnis lässt ziemlich eindeutig darauf schließen, dass das alles kein Zufall ist!"

Michael versuchte, konzentriert zu bleiben. Dass die vier Personen dieselben waren, die seine Tante auf der Gartenschau bemerkt hatte, war nicht erwiesen.

„Der Kommissar jedenfalls glaubte mir, und ich denke, dass da ein irrer Mörder rumläuft, der es nun auf Ihren Chef abgesehen hat!"

Jonas zerquetschte ziemlich gnadenlos seinen leeren Kaffeebecher und knallte ihn mit anscheinend großem Hass auf Mülleimer in denselben neben dem Automaten.

„Kommen Sie mal mit, Warthens!"

Keine fünf Sekunden später fand sich Michael bei Jonas in dessen Büro wieder. Im Gegensatz zu Obermeiers karger Hütte, hatte Jonas eine Vorliebe für gerahmte Bilder von Pflanzen, sowie für Grünpflanzen im Allgemeinen. Wenn all die Philodendren, Feigenbäume und kleineren Verdunstungskünstler der Botanik gegossen wurden, sprang der Wasserverbrauch des Präsidiums sicher erheblich in die Höhe. Das Raumklima fühlte sich aber angenehm an.

Michael nahm im Sessel vor Jonas' Schreibtisch Platz, ohne sich wie der Untertan vor dem Kaiser zu fühlen. Der Sessel und Jonas' Bürostuhl waren auf gleiche Höhe eingestellt, ebenso wie Michael und Kommissar Jonas etwa die gleiche Körpergröße hatten. Man traf sich also auch im Sitzen auf Augenhöhe.

Jonas atmete tief durch, als wollte er zu einem längeren Vortrag ansetzen, bückte sich aber nur kurz unter den Tisch und zauberte eine Akte aus der Schublade. Anschließend klickte er ein paarmal auf dem Computer herum.

„So, Warthens", begann er in trockenem Beamtenton, „Folgendes: KHK Obermeier unterrichtete uns im letzten Meeting zu den ersten drei Fällen, und da waren es ja noch drei, von Ihren Vermutungen, und dass Sie damit wohl richtig liegen. Soviel dazu, damit Sie darauf stolz sein können."

Michael war nicht nach Stolz zumute. Er verschränkte seine Arme.

„Und?"

„Ich mach's kurz: der Chef war 2010 für den Fall des Toten aus der Mangfall zuständig. Gutachter bescheinigten, die Leiche wies einen hohen Blutalkoholwert auf, und der Tod rührte von einem Sturz auf einen der Felsen her, die als Befestigung überall am Damm eingelassen wurden. Genaueres steht in den Akten, die wir, das heißt der

KHK – ich war damals noch nicht in dieser Abteilung – schnell geschlossen hat. Anscheinend gab es aber jemand, der den Unfall anzweifelte."

„Wen? Ist das in den Akten vermerkt?"

„Nicht direkt. Dort steht nur etwas von einer Person, die sich kurz darauf meldete und von einem Streit sprach, den das Unfall-Opfer mit jemanden gehabt haben soll."

„An diesem Tag?"

Jonas räusperte sich wie unangenehm berührt.

„Wie gesagt, ich war damals noch nicht ... aber wenn ich das so lese, dann ist das beinahe, als wollte man der Sache nicht näher nachgehen, obwohl Zweifel an einem Unfall ohne Fremdeinwirkung aufgetaucht waren."

Michael beugte sich vor und öffnete seine Arme zu einer breiten Geste.

„Kommissar", schnaubte er, „Sie wissen schon, was Sie da sagen!"

Michael konnte es kaum fassen, dass Jonas ihm, dem zivilen Schnüffler, Polizeiinterna verriet.

Jonas tat zerknirscht.

„Ich fürchte, Obermeier hat die Akte damals vorschnell geschlossen und Zeugenaussagen unter den Tisch fallen lassen, um den Fall bequem und schnell abzuschließen!"

Michael gefiel nicht, was er hörte, aber er lehnte sich wieder zurück, um entspannt zu wirken.

„Und warum sagen Sie das *mir*?", fragte er schließlich doch noch, ungläubig über die Offenheit des jungen Kommissars.

„Weil der Herr Hauptkommissar sehr viel von Ihnen hält, Warthens, was ich nicht wirklich verstehe. Aber egal, wenn er einen Fehler gemacht hat, muss dem nachgegangen werden!"

„Und?"

„Nichts *und*", maulte Jonas, „denken Sie nach, wie Sie uns helfen können. Sie sind selbst Zeuge in diesen irre vielen Verbrechen innerhalb kurzer Zeit, und Sie kennen weitere Zeugen, die vielleicht wissen, was sich damals zugetragen hat. Na los, zeigen Sie mir, warum der Hauptkommissar Sie so über den Schellen-König lobt!"

Michael zeigte sich herzlich wenig überrascht über Jonas' merkwürdiges Lob. Für Geplänkel war einfach keine Zeit. Er überlegte bereits fieberhaft.

„Und wer ist der- oder diejenige, der oder die damals Zweifel an einem Unfall hatte?"

„Ich darf Ihnen das nicht sagen, Warthens."

„Ja, ja, schon klar", resignierte Michael und dachte: *wie der Alte.* „Und was haben Sie jetzt vor?"

Jonas machte den Eindruck, als sei er ratlos.

„Die Suche nach dem KHK läuft. Mehr geht im Moment nicht."

Michael glaubte, sich verhört zu haben.

„Und mal nachsehen, wer für eine Entführung infrage kommt, vielleicht?", blaffte er einigermaßen rabiat, was ihm zwar nicht zustand, aber trotzdem guttat. „Wenn jemand glaubt, Obermeier habe eine Mordermittlung unter den Teppich gekehrt und will deswegen Rache üben, dann muss es doch irgendeinen oder eine Verdächtige geben? Die Frau des Opfers? Tochter? Sohn? Freund? Geliebte, Vater, Mutter? Ein weiterer Zeuge?"

Jonas zögerte mit einer Antwort. Er starrte auf den Bildschirm und murmelte etwas Unverständliches in seinen nicht vorhandenen Bart.

„Hören Sie, Warthens", wandte er sich wieder seinem Gegenüber zu, „ich hatte noch nicht so viel Zeit darüber nachzudenken, seit ich vom Verschwinden des Chefs weiß."

Langsam riss Michaels Geduldsfaden.

„Mann, wer war denn die Person, die diesen Unfall angezweifelt hat? Das muss doch in den Akten stehen, zefix!"

Jonas zeigte keine Reaktion auf Michaels Ausbruch.

„Ich weiß", gab er zu, „aber hier sind nur Initialen angegeben."

Dass das Verbergen eines vollständigen Zeugennamens ein klarer Hinweis darauf sein konnte, die Sache nicht ernst genommen zu haben und diesen Zeugen provoziert haben könnte, lag für Michael auf der Hand.

„Und wie lauten die Initialen?"

„T Punkt und Z Punkt." Jonas lief rot an, sicher nicht aus Scham. Oder er log, und dort stand der vollständige Name. Obermeier hatte am Freitag in Raum 14 bestimmt auf den Fall von 2010 hingewiesen und alle über die Einzelheiten informiert. Auch über den am Unfall zweifelnden Anrufer, der bestimmt mit vollem Namen irgendwo aktenkundig war. Oder hatte Obermeier damit zurückgehalten? Auch Jonas würde seine Gründe haben, Michael den Namen vorzuenthalten. Stichwort Datenschutz, dachte Michael.

Als hätte er eine Erleuchtung, ließ Jonas sich in seinen Bürostuhl zurückfallen.

„Und das Opfer hieß Olaf Zalus!"

„Ein Zett", überlegte Michael, „Olaf Z.! Und T. Z.!"

Doch ja, Kommissar Jonas wusste auf alle Fälle bereits, um wen es sich handelte, sagte sich Michael. Jonas musste doch mehr wissen, als er jetzt zugab! Außerdem musste er ihm, dem Privaten, ja nicht alles sagen.

18. Berti und die orangene Hex'

Conny wusste, welch großen Bekanntenkreis Mike besaß. Nun ja, er war ein gebürtiger Rosenheimer und auch nicht mehr der Jüngste. Da kam schon eine stolze Zahl an Beziehungen aller Art zusammen. Manche kamen, andere gingen, auch ohne Facebook und Twitter. Und wenige bleiben, dachte Conny schmunzelnd, während sie in den Spiegel sah und ihre kaum mit Falten gestrafte Haut betrachtete. Ja, sie war nach seinem ersten Fall wieder zu einer Freundin für ihn geworden, eine richtige, auf die er sich verlassen konnte, und sie sich auf ihn, wie sie beim Drama um Loretta erneut hatte erfahren dürfen. Gestern, nachdem ihr Sonntagsfrühstück so jäh unterbrochen worden war, hatte sie für einen Moment ein Gefühl der Nähe zu Mike erfasst, das ihr einerseits nicht ins Konzept passte, ihr andererseits einen prickelnden, abenteuerlustigen Schauder über die Haut gezaubert hatte. Nein, es war gut so, wie es war: mit Freundschaft und Vertrauen zueinander.

Connys Telefon klingelte. Eine ältere Dame, die Conny regelmäßig beriet, vereinbarte einen neuen Termin mit ihr. So ähnlich wie diese Veronika, klein und mit verschmitzten Augen, malte Conny sich Mikes Tante Berti aus. Michael hatte oft von ihr gesprochen, von dieser alten Sennerin in Rente, die ihm wertvolle Infos zu den Beteiligten seiner Fälle lieferte. Berti kannte offenbar Gott und die Welt, wenigstens in Rosenheim und Umgebung. Umso erstaunlicher für ihre Beziehung war es, dass Conny Mikes letzte Verwandte, die alte Kuhhüterin Berti, bis jetzt immer noch nicht kennengelernt hatte. Sie kannte sie nur vom Hörensagen, und merkwürdig war deshalb, dass Berti just in diesem Augenblick bei ihr anrief!

War es Connys Intuition, dass sie soeben an sie gedacht hatte, oder ihre ohne Zweifel sehr gegenwärtige Hellsichtigkeit, mit der sie seit ihrer Zeit in Indien bemerkenswert pragmatisch umging?

Berti Warthens stellte sich umständlich vor und kam dann gleich zur Sache: „Sind Sie diese junge Frau, mit der mein Neffe Michi verkehrt?“

Conny merkte sofort den scharfen Unterton der alten Dame, diese Schroffheit in der Stimme, die Ältere gerne selbstbewusst an den Tag legen. Junge Frau! Na ja, aus ihrer Sicht.

„Wenn Sie Mike Warthens, den Detektiv meinen, dann bin ich wohl diese Frau.“ Sie versuchte, nicht allzu spöttisch zu klingen. „Was verschafft mir denn die Ehre Ihres Anrufs?“

„Geh, mit mir müssen S' ned so g'schwollen daherreden. Und außerdem heißt er Michi und ned Mike. Ich wollt bloß wissen, ob er bei Eana, also bei Ihnen ist?“

„Hätten Sie ihn gebraucht?“

„Freilich, sonst tät ich ja ned anrufen.“

Bertis herber Charme ließ sich nicht verleugnen.

„Also hier ist er nicht“, richtete Conny mit einem Lächeln im Gesicht aus, „aber weil Sie schon anrufen: schön, mal was von Ihnen zu hören, weil, ich hab schon viel von Ihnen gehört!“

Das Wortspiel verursachte eine kurze Pause am anderen Ende, ein Räuspern und dann: „Über mich? Vom Michi?“

„Ja. Schon.“

„Ah geh weiter.“

Conny konnte sich ein Lächeln nicht verkneifen. War die Tante jetzt tatsächlich ein wenig unsicher?

„Wissen Sie“, sagte sie ganz locker, „Sie müssen nicht glauben, dass ich Ihren Michi gleich heirate, nur weil ich mich freuen würde, wenn Sie mich mal besuchen würden. Auf einen Tee oder Kaffee vielleicht?“

„Mei“, druckste Berti herum und gab sich plötzlich Mühe, hochdeutsch zu reden, „das wollte ich jetzt aber nicht, dass Sie sich Umstände machen.“

„Doch. Aber wissen Sie was, was hätte der Mike – der Michi natürlich – denn für Sie tun sollen? Vielleicht kann ich Ihnen helfen?“

„Ich hab ihn am Telefon nicht erreicht. Er hat meine Kundenkarte von der Apotheke in der Tasche, und jetzt bin ich auf dem Weg dorthin, weil ich meine Tabletten brauch. Aber ohne meine Kundenkarte krieg ich ja keinen Rabatt."

„Wo sind Sie denn jetzt?"

„In der Prinzregentenstraß'. Z'fuaß!" Das klang ziemlich jämmerlich. Wahrscheinlich war die alte Frau vom Stadtrand bis in die Innenstadt gelaufen und völlig fertig. Kundenkarte hin oder her, sie brauchte eine Fahrgelegenheit.

Conny haderte zunächst mit dem Gedanken. Warum fuhr Berti nicht mit dem Bus? Taxi? Vielleicht hatte sie sich zu sehr an Mikes kostenloses Taxi gewöhnt.

„Ich hole Sie ab", versprach Conny. „Bleiben Sie einfach, wo Sie sind. Ähm, wo genau sind Sie denn?"

„Beim Gymnasium, das, wo der Michi mal besucht hat."

„Alles klar."

Conny fuhr nicht oft mit ihrem alten Ford, den sie längst als Oldtimer hätte anmelden können. Aus ökologischen Gründen sagte sie jedem, der es wissen wollte. Den tödlichen Autounfall ihrer Eltern aber hatte sie bei jeder Fahrt mit dem Fiesta in ihrem Kopf mit dabei, als säße der Tod auch bei ihr auf der Rückbank. Sie hatte es niemandem gesagt, aber zwei Jahre war das Auto nach dem Unfall in der Garage geblieben. Ein Jahr davon hatte sie sich in Indien aufgehalten und es ohnehin nicht gebraucht. Nur, weil ihr der kleine Wagen vertraut war, hatte sie ihn anschließend behalten. Mittlerweile fuhr sie ihn fast wieder ohne Schweißhände und doch immer nur dann, wenn sie wirklich fahren musste. Mikes Tante war so ein Notfall.

Während sie sich auf den Rückweg zum Margarethen-Hof machten, verstaute Berti ihre Medikamente in ihrer Handtasche. Conny hatte ihr geraten, wenn sie doch bekannt und Kundin in der Apotheke sei, müsse sie die Kundenkarte gar nicht dabei haben. Sie sei dort bestimmt registriert. Berti grinste verschmitzt, als hätte sie das sowieso gewusst. Folglich ging es ihr tatsächlich nur um ein kostenloses Taxi.

„Woher haben Sie eigentlich meine Nummer?“, erkundigte sich Conny.

„Och, Ihre Telefonnummer hat mir der Michi mal auf einen Zettel geschrieben, zu den anderen, die wo wichtig sind, falls ich mal was brauch', und da hab ich mir denkt, rufst halt mal die – Dings an, die Frau Linden.“

So so, meine Nummer hat er angegeben, schmunzelte Conny.

„Gut dass Sie ein Handy haben, Frau Warthens“, lobte sie, „das macht schon vieles leichter, gell?“

Berti stöhnte auf.

„Ach wo. So viel telefonier ich ned mit dem Zeug. Außerdem hab ich g'hört, dass da ganz viel andere mithören können, bloß der Michi ned. Der geht nie hin, wenn ich ihn brauch'.“

Conny wusste, dass das nicht stimmte.

„Geh, Frau Warthens, der Mike – Michi, schaut schon viel nach Ihnen. Außerdem braucht er Sie sehr, wie er mir erzählt hat.“

„So?“

„Kommen Sie, ich weiß, wie oft Sie ihm bei seinen Fällen schon geholfen haben mit Ihrem Wissen. Mehr als ich bestimmt.“

Berti sah Conny verstohlen von der Seite an.

„Wissen S' was? Sie kommen jetzt mit zu mir. Groß ist meine Wohnung in dem Etablissement zwar nicht, und aufgeräumt hab ich auch nicht. Aber einen Kaffee mögen S' doch, oder? Als Dankeschön. Und von meinem Apfelstrudel hat der Michi auch noch was übrig gelassen. Haben S' Zeit?“

LETZTE TAGE

Die zwei Frauen und zwei Männer gehen sich nun aus dem Weg. Was sie für immer gemeinsam haben, verliert sich im Schatten der Zeit und in ihren Gedanken, als drehte jemand langsam am Dimmer-Schalter der Erinnerung, bis sie so finster wird wie eine mondlose Nacht.

Im Laufe der wenigen Jahre in der neuen Stadt werden ihre Treffen immer seltener. Die Gefahr, in Zusammenhang gebracht zu werden, ist größer als die Angst um ihre gegenseitige Kontrolle. Das Vertrauen zueinander wuchs, nachdem sie sich ein paarmal in ihrer neuen Umgebung trafen, in die sie sich unsicher wie auf schwankenden Hängebrücken vortasteten. Als wären sie Kinder, die aus ihrer Familie gerissen wurden und sich in einem fremden Heim zurechtfinden mussten. So lange klammern sie sich aneinander, bis sie ihre eigenen Kreise finden und sich wieder aus den Augen verlieren. Sie wissen ja, der andere ist dennoch da, wenn es darauf ankommt. Ihr Glaube an den jeweils anderen bestärkt sie, sich von nun an aus dem Weg zu gehen.

Der Rollstuhlfahrer zieht sich ganz zurück. Gut so, denkt sich die mollige Frau, die ihre Herrenbesuche nur sporadisch mit dem Finanzamt abrechnet. Die kleine, kindlich wirkende Frau mit dem Zungen-Tattoo pflegt ihren Garten. Dadurch findet sie neue Freunde und Freundinnen.

Einer glaubt, er hätte es geschafft, er sei am Ziel und könne seine Pension in den Bergen verlaufen – solange, bis der Rollstuhlfahrer bei einem Feuer ums Leben kommt.

Noch wissen die anderen drei nicht, dass es kein Feuer-Unfall war. Dass die Mollige im Wasser stirbt, steht erst viel zu spät in den Zeitungen. Dass dem schlanken Pensionär die Luft abgedreht wurde, liest die Tattoo-Lady am Morgen des Tages in der Zeitung, an dem sie später in der Erde gefunden wird.

Die Geister könnten ruhen. Das Werk ist vollbracht. Doch ein Gespenst ist noch wach, hellwach: das der Rache.

19. Alm-Indien

„Der ist noch vom Freitag", gestand Berti ihrem Gast den Zustand des Apfelstrudels, „aber im Kühlschrank hält sich der ja ein paar Tag'."

Sie hatte gehofft, Michael würde am Wochenende noch einmal bei ihr vorbeikommen, um sich den Rest einzuverleiben, aber: „Der hat mal wieder mit seiner Detektiverei z' machen."

Conny stach mit der Kuchengabel ein erstaunliches Stück vom Strudel ab und beruhigte Berti: „Na, wenigstens hat er jetzt viel zu tun und verdient ordentlich in seinem Job."

„Job", äffte Berti nach, „eine Arbeit ist das ja ned g'rad, den Leuten hinterher spionieren."

„Mei, Frau Warthens, Sie wissen doch selber, dass das auch ganz schön anstrengend sein kann", verteidigte Conny Michael. Sie konnte sich vorstellen, dass die knapp achtzigjährige Landfrau mit dem Begriff *Arbeit* harte, körperliche Tätigkeit meinte. Werkeln eben.

Conny kaute den riesigen Strudelbrocken zu Ende und blieb neugierig. „Wie lange waren Sie denn auf der Alm?"

„Oh mei", schnaufte Berti schwer, „einerseits viel zu lang, aber andererseits ..."

„... geht Ihnen das da droben schon ab, gell!", versuchte Conny, Verständnis zu zeigen und stellte fest, dass sie es tatsächlich und ehrlich aufbrachte.

Berti nickte und schaute zu Boden, als hätte Conny einen traurigen Nerv bei ihr getroffen.

„Ich kann's freilich nicht nachvollziehen", plauderte Conny weiter, während sie das nächste Stück Strudel bedächtig vom Rest trennte, „aber das Alleinsein in einer eigenen Welt, mit Tieren, für die man verantwortlich ist, das hab ich schon auch erlebt."

„Ach?" Berti wachte aus ihrer Nachdenklichkeit auf und war wieder ganz Ohr. „Wie dös?"

Lebhaft erzählte Conny von ihrer Zeit in Indien und von einer Farm mit allen möglichen Tieren, auf der sie gearbeitet und meditiert hatte.

„Und glauben S' mir, Frau Warthens, außer, dass die lieben Leute dort anders ausschauen und reden: manchmal hab ich mir gedacht, dazu hättest jetzt nicht nach Indien gehen müssen."

Sie lächelte wieder einmal wegen dieser Erkenntnis. Schließlich hatte sie dort zwar ihren Horizont erweitert, aber abgehoben in spirituelle Sphären war sie deswegen auch nicht völlig, höchstens ansatzweise: „Und zum lieben Gott, oder wie man ihn nennen mag, bekommt man da schon eine Art Draht."

Sie fürchtete, Berti würde ihr gleich dagegen reden, von wegen Heimat, und am besten wär es, daheim zu bleiben und in die Kirche zu gehen.

Stattdessen legte sie ihre altersfleckige Hand auf Connys mit vielen Sommersprossen getüpfelte gabelfreie Hand.

„Mei, Dirndl", sagte Berti und schluckte schwer, „weißt was? Sagst Berti zu mir."

Conny reagierte wenig erstaunt. Mehr als das Du anbieten musste Berti nicht, um ihren Respekt und Verständnis auszudrücken, auch wenn Conny garantiert kein *Dirndl* mehr war.

„Und ich bin die Conny."

Berti lächelte und tätschelte noch einmal Connys Hand.

„Und Dankschön nochmal fürs Fahren, gell."

Connys Smartphone summte dezent, aber hartnäckig. Es war Michael.

„Ich muss dich unbedingt sprechen!", sagte er so laut, dass sogar die leicht schwerhörige Tante Berti es mitbekam. „Wo bist 'n du?"

„Du wirst es nicht glauben."

Der Neue

Ein Jahr bevor sich die verschworene Gemeinschaft der vier Geister allmählich in Sicherheit wähnte, fand sich unter den Neubürgern der Stadt an den zwei Flüssen ein junger Mann mit weißblonden, halblangen Haaren.

Sein Atem dampft wie das Wasser des kleineren der beiden Flüsse. Stumm betrachtet er das frostige Ufer. An Silvester und an Neujahr hat es hier zum ersten, und bis in den Februar zum letzten Mal heftig geschneit. Auf den Steinen der Dammbefestigung liegt eine feine Kruste aus altem Schnee.

Der blonde, athletische Mann wirft einen Kiesel in den Fluss. Enten flattern auf, patschen mit ihren Füßchen übers ruhig fließende, niedrige Wasser bis sie sich nur ein paar Meter weiter erneut niederlassen, um in der Kälte nicht übermäßig an Energie zu verlieren.

Der junge Mann steckt seine klammen Hände zurück in die Manteltaschen. In Wut und Trauer ballt er sie dort verborgen zu harten Fäusten. Er beißt seine Zähne aufeinander, bis ihm die Kiefermuskeln schmerzen. Hier also …

Er will nicht daran denken, wie er es während der letzten langen Jahre, Tag für Tag getan hat, und schlimmer: nachts, wenn er aufwachte, schweißgebadet, den Verlust in seinem Kopf. Auf seine Brust drückte das Elend und stahl ihm den Atem. Nun also ist seine Mutter tot. Der Krebs zerfraß sie, der nach dem Tod seines Vaters so plötzlich aufgetreten war, dass er sich ihre Krankheit einzig und allein mit dem Kummer erklärte, der sie danach gepackt hatte.

Seine kleine Schwester verließ vorzeitig das Gymnasium und jobbte in einer Bar, um etwas zum Familieneinkommen beizutragen. Aber er zog seinen Plan durch. Seine Lehre bei der Stadtverwaltung hatte er mit einer glatten Eins abgeschlossen, und seine Kollegen hätten ihn gerne behalten. Aber ihn zog es fort. Seine Bewerbung war angenommen und positiv beantwortet worden. Nach dem Einstellungsgespräch hatte er sofort das Gefühl, dass sie ihn nehmen würden. Und ja, morgen kann er anfangen. Montag. Sieben Uhr Dreißig.

Mit seinen fast 24 Jahren beginnt er jetzt eine Karriere in einem völlig anderen Umfeld. Ihm könnte es gut gehen. Doch wie so oft fragt er sich, wo seine Schwester sich im Moment aufhält. Immer wieder taucht sie ab, verliert sich in Drogen und stößt ihn anschließend vor den Kopf mit gemeinen Sprüchen und Anklagen. Aber ihn trifft keine Schuld. Seine Schwester schon gar nicht. Schuld haben andere.

Sein Plan A lief bestens. Ab sofort startet Plan B. Egal, wie lange er dauert.

20. Montag, am späten Nachmittag

Conny fiel aus allen Wolken. Berti ebenso. Michael schilderte den beiden sein Gespräch mit Kommissar Jonas über Obermeiers mutmaßliche Entführung.

Die drei saßen ausnahmsweise ohne etwas Essbares an Bertis Tisch.

Conny fand als erste die Sprache wieder: „Und was willst du jetzt tun?"

„Wieso ich?", tat Michael entrüstet. „Die Damen und Herren von der Exekutive sind jetzt am Zug, ihrem Boss aus der Patsche zu helfen!"

Berti saß die ganze Zeit über dabei, als gehörte sie nicht dazu. Jetzt aber musste sie einschreiten.

„Ja, was glaubst denn, Michi, was die jetzt machen? Die werden allen Spuren nachgehen, von da weg, wo sie sein Handy g'funden haben, bis zu den Dings – Akten, die wo du gesagt hast, dass die vermuten, das könnt was damit zu tun haben."

Weil Berti sich so sperrig ausdrückte, deutete Michael ein Grinsen an, das nicht unbedingt positiv aufgenommen wurde.

„Michi", schimpfte Berti, „du warst doch derjenige, der zuerst was gespannt hat wegen dera Blümerlschau damals. Jetzt sind vier Leut' tot, und der Kriminaler vielleicht auch noch. Meinst nicht, dass 's da erstens nix zum Lachen gibt, und zweitens du – ja genau: *du* jetzt auch was unternehmen solltest?"

Conny schaute von Berti zu Michael und wieder zurück.

„Wichtig ist doch", begann sie vorsichtig, „dass man weiß, warum das alles passiert. Du hast gesagt, Mike, dass es Vergeltung sein könnte, weil da jemand an Mord glaubt. Und wer könnte mehr Interesse an Rachegelüsten haben, als jemand, der mit dem Tod des Mannes damals viel, vielleicht alles verloren hat?"

„Eben“, bestätigte Berti, „ein naher Verwandter. Wie waren die Buchstaben hast g'sagt?“

Michael nannte sie.

„T und Z. Und der Tote hieß Olaf Zalus.“

„Schon ein komischer Name“, stellte Berti fest.

„Zalus?“, wiederholte Conny. „Und der war beim Catering-Team damals angestellt?“

Michael nickte.

„Der Zeuge heißt vielleicht ebenfalls Zalus. Das Z ist ja verdächtig.“

„Meinst, die Polizei geht dem nicht schon längst nach?“, überlegte Berti.

Michael zuckte mit den Schultern.

„Die haben im Moment anderes zu tun. Aber wenn dieser Zeuge, der, wie ich euch erzählt hab, den Unfalltod angezweifelt hat, vielleicht hat er sogar berechtigte Gründe dafür gehabt? Beweise!“

Conny nickte.

„Genau, Mike. Und niemand hat ihm – oder ihr – geglaubt. Hast du eigentlich den Jonas gefragt, ob sie die Namen der Angehörigen dieses Herrn Zalus damals, oder eben gerade jetzt, ermittelt haben? Muss doch ein Leichtes sein für die.“

„Natürlich. Ob der Jonas das schon getan hat, oder noch tun wird, interessiert mich aber im Moment herzlich wenig.“

„Sollt 's aber“, fiel Berti ihm ins Wort, „weil, ich hab g'rad die ganze Zeit darüber nachdenkt, woher ich den blöden Namen kenn'. Zalus. Ich glaub', da ist einer im Einwohnermeldeamt, der wo so heißt.“

„Bist dir sicher, Tanterl?“

Berti verzog ihr Gesicht, als hätte sie in eine Zitrone gebissen.

„Hör bloß auf mit dem *Tanterl*! Hab ich dir schon hundert Mal g'sagt! Und ja, so einen depperten Namen merkt man sich doch. Ich hab mei Kennkart'n verlängern lassen müssen, aber das geht ja nicht, hat er g'sagt, der Herr Zalus. Also hab ich eine ganz neue Kennkart'n braucht.“

Conny schaute sie verdutzt an.

„Und was ist jetzt bitteschön eine Kennkart'n?“

„Sie meint einen Personalausweis“, übersetzte Michael trocken.

Berti kicherte amüsiert.

„Genau. Im Magistrat haben's auch nicht gleich g'wusst, was des is."

„Im Magistrat?", staunte Conny.

Michael stöhnte schwer und übersetzte nochmal: „Rathaus. Amt. Einwohneramt. Bürgeramt. Sie lernt 's nimmer."

Berti: „Muass i auch net. Jedenfalls war das eigentlich ein ganz fescher junger Mann, da im Einwohnermeldeamt. Oder Einwohneramt, wenn du's unbedingt so haben willst, Michi. Ja, Zalus hat der g'heißen. Bestimmt."

Michael und Conny schauten sich an, als seien sie sich auch ohne Worte einig.

„Wer geht hin?", fragte Michael schließlich.

Conny schüttelte den Kopf.

„Morgen Vormittag habe ich einen Termin nach dem anderen."

„Dann geh halt i!", schlug Berti vor.

Michael verneinte mit erhobenem Zeigefinger.

„Das kommt überhaupt nicht in Frage. Wenn, dann mach' ich das schon selber! Außerdem heißt 's jetzt Bürgeramt, das Einwohneramt."

Berti grummelte, es sei wurscht, wie es heiße, solang jeder wisse, was gemeint sei.

„Amt bleibt Amt."

DER NEUE II

Ein Jahr zuvor fasste er rasch Fuß in der Stadt: Anfänger werden schlecht bezahlt, und er ist nun mal einer. Daran ist nicht zu rütteln. Aber die Stadt ist teuer. Mieten, Lebensmittel, Kleidung. Einfach alles. So hat er sich das nicht vorgestellt. Klar, die Landeshauptstadt ist nicht allzu weit entfernt. Das treibt die Immobilienpreise und damit auch die Mieten in die Höhe. Vor allem die Mieten. Irgendwo muss er ja wohnen, auch wenn es noch so ein kleines Loch ist. Viele Studenten, die nicht in einer WG wohnen, belegen Zimmer und Einzimmer-Wohnungen.

Ein Auto kann er sich noch nicht leisten, und der öffentliche Nahverkehr ist anders als dort, von wo er herkommt: unpraktisch, umständlich und nicht gerade billig. Also nimmt er sich eine kleine, trotzdem überteuerte Wohnung in der Nähe seines neuen Arbeitgebers. Er kann sogar das Rathaus sehen, wenn er aus dem Klofenster schaut. Dieses seltsame, rötliche Gebäude, das einst ein Bahnhof gewesen sein soll. Er versteht das nicht, und er will es auch nicht verstehen. Der Zug ist sowieso abgefahren für ... aber lass das jetzt, sagt er sich. Er muss sehen, wo er bleibt.

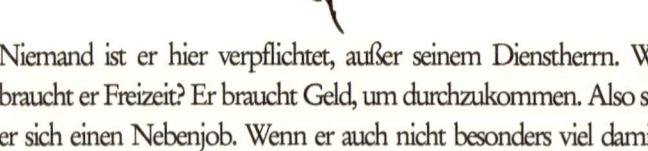

Niemand ist er hier verpflichtet, außer seinem Dienstherrn. Wozu braucht er Freizeit? Er braucht Geld, um durchzukommen. Also sucht er sich einen Nebenjob. Wenn er auch nicht besonders viel damit dazuverdient, überlegt er, in der Zeit, in der er für Geld arbeitet, gebe er keins aus. Er wird es noch brauchen, denn Plan B schreitet voran.

Und mit so einem flotten Flitzer wollte er immer schon fahren. Mit dem Ausfahren lernt er die Stadt geografisch schnell und gut kennen. Bald kennt er sich hier fast besser aus als so mancher Einheimische.

21. Das Amt

Ein Gewusel war das mal wieder auf den Straßen um kurz vor acht Uhr. Warum musste sich Michael auch mit seinem Smart in den morgendlichen Berufs- und Schulverkehr stürzen! Dienstag, mitten unter der Woche, ärgerte er sich über seine Anmaßung, um diese Zeit zu fahren. Radfahrer nahmen es nicht so genau mit den Richtungen der Radwege. Schüler liefen mit Musik im Ohr ohne Vorwarnung über die Straßen. Besonders beliebt war es, kurz vor Fußgängerampeln die Straße zu queren. Autofahrer fuhren so dicht auf, dass er im Rückspiegel das Weiße, oder gar Rote in ihren Augen sehen konnte. Manche sahen aus, als hätten sie die Nacht durchgemacht.

Mit Schrecken stellte Michael fest, dass er sich selbst auch nicht gerade wie ein morgendlicher Fahrkünstler benahm, als er bei Hellrot in die Kreuzung beim Präsidium einfuhr und soeben noch die Kurve bekam. Der Zorn der Grünberechtigten war ihm sicher.

Er war froh, endlich eine Parklücke gefunden zu haben. Das kleine Wunder vom Parkplatz auf der Loretowiese würde er sich im Kalender anstreichen. Wenigstens war das Präsidium nicht weit von hier.

Kommissar Jonas kam ihm auf dem Flur vor der Pforte entgegen. Er trug einen hellen Mantel, in dessen Taschen seine Hände steckten, war auf dem Weg nach draußen und wirkte, wenig verwunderlich, arg angespannt.

„Guten Morgen, Kommissar“, stoppte ihn Michael, „gibt's was Neues vom Hauptkommissar?“

Jonas hielt für einen Moment inne und schaute Michael mit müden Augen an.

„Nichts, Warthens. Gar nichts. Keine Spur, kein Pieps.“

„Auch keine Nachricht von einem möglichen Entführer? Ein Erpresserbrief vielleicht? Spuren auf Obermeiers Handy? Fingerabdrücke, die nicht von ihm stammen?“

„Wenn's so wäre", würgte er unwirsch Michaels Fragen ab, „würde ich Ihnen das nicht auf die Nase binden." Seine Stimme klang rau und verschnupft. „Und jetzt lassen Sie mich meine Arbeit machen!"

„Wo geht's denn hin?"

Jonas kniff die Lippen zusammen und schaute wie verzweifelt zur Decke.

„Einfach nur mal was frühstücken, wenn Sie's genau wissen wollen. Servus."

Michael nickte verständnisvoll. War der junge Kommissar doch tatsächlich von Sonntag bis jetzt und über Nacht im Präsidium geblieben? Ausgesehen hatte er jedenfalls so. Aber ein Dreitagebart war sowieso gerade in Mode, dachte Michael, der sich selbst mit der Hand über seine Stoppeln fuhr.

Jonas war bereits aus seinem Blickfeld verschwunden. Also machte sich Michael zu Fuß auf den Weg ins Bürgeramt beim Rathaus.

Der Warteraum war proppenvoll. Zwei Kleinkinder spielten in einer winzigen Spielecke, die auf Wunsch von genervten Eltern vor Jahren eingerichtet worden war.

Michael zog eine Nummer, obwohl er nicht vorhatte, in einen der Räume zu gehen, wo An- und Abmeldungen, Ausweise und Pässe bearbeitet wurden. Er setzte sich auf einen frei gewordenen Stuhl und sah sich um. Ab und zu öffnete sich eine der Türen. Aber es traten immer nur die heraus, die kurz zuvor hineingegangen waren. Die mit Panzerglas bewehrte Ausgabestelle für Dokumente konnte Michael gut einsehen. Ein Beschäftigter der Stadtverwaltung, dunkelhaarig, um die Vierzig, stempelte dort Papiere ab, gab Pässe aus und kassierte die Gebühren dafür. Manchmal ging dort drinnen eine Seitentür auf. Dann legten weibliche wie männliche Mitarbeiter des Amts etwas auf den Schreibtisch. Michaels Nummer wäre nun dran gewesen. In Raum 004. Die Leute im Warteraum schauten sich gegenseitig fragend an, aber niemand stand auf. Michael tat unschuldig. Er schnaubte gekünstelt genervt über die ach so lange Wartezeit.

Weil niemand die Einladung für Raum 004 annahm, sprang die Anzeige über der Tür zur nächsten Nummer. Eine junge Frau, die nach Michael gekommen war, besaß die richtigen Ziffern und stakste auf hochhackigen Schuhen zur Tat.

In der Ausgabestelle tat sich wieder was. Ein jüngerer Mann, sehr blond, wechselte ein paar Worte mit seinem Kollegen. Er schaute kurz hinaus in den Warteraum. Michael bemerkte, wie seine beinahe weißen Lider kurz zuckten, als ihn sein Blick traf. Einen Tick zu lang blieb sein Blick an Michael hängen, als würde er ihn an jemand erinnern. Im nächsten Moment war er wieder in den Tiefen des Amts verschwunden.

Michael spürte einen Stich im Magen. Dieser kurze, miese Reiz seiner Sinne, der ihn immer dann traf, wenn ihn eine böse Ahnung attackierte. Eilig, mit heißer Stirn, drehte er eine Runde im Flur mit den Türen zu den Büros, erfasste Namen auf den Türschildern von Raum 001 bis 008.

Raum 005: Zalus! Thiemo Zalus.

Die Leute im Warteraum bemerkten Michaels Unruhe und beäugten ihn argwöhnisch, während er mit großen Schritten das Amt verließ. Sollte er Kommissar Jonas mit der Nase drauf stoßen? Wusste Jonas nicht bereits von dem möglichen Verwandten? Ein Sohn vielleicht?

Nur, was hatte der beim Bürgeramt in Rosenheim zu suchen? Stammte der tote Olaf Zalus denn nicht aus dem schönen Sachsen?

22. Schlafenszeit

Kriminalhauptkommissar Obermeier wachte auf. Wie lange hatte er geschlummert? Es war wohl noch Nacht. Er fror. Also zog er die Decke höher, die einen merkwürdigen Geruch abgab. Sie stank nach Kellerstaub, war rau und schwer wie ein alter Brokatvorhang.

Musste er zum Dienst? Er tastete um sich. Nein, in seinem Bett war er sicher nicht. Alles um ihn herum hatte so gar nichts Weiches, Kuscheliges. Schon einmal hatte er diesen Traum gehabt, dass er eingeschlossen worden war, lebendig begraben! Trotz der Kälte um ihn herum schoss es ihm heiß in den Kopf. War dieser Albtraum Wirklichkeit geworden? Der kurze aber schrille Angsthauch aus seiner Kehle verhallte. Und wieder: nein! Nein, dieser Raum war größer als ein enges Grab. Viel größer.

Obermeier versuchte, sich zu konzentrieren. Er, Raimund Obermeier, KHK bald im Ruhestand, lag mit gefesselten Armen und Beinen auf dem Boden eines großen Zimmers – oder einer Halle? Man hatte ihn nicht geknebelt. Die Person, die ihn hierhergebracht hatte, musste sicher sein, dass ihn niemand hören konnte. Schreien brachte also nichts.

Er konnte absolut nichts sehen, obwohl man seine Augen nicht verbunden hatte. Daraus schloss der Kommissar, dass er in einem fensterlosen Kellerraum lag. Gut, es konnte auch Nacht sein, und erst am Tag würde Licht durch Ritzen oder gar Fenster dringen und zeigen, wo die Luft zum Atmen einströmte. Diese Luft, die gleichmäßig um ihn herum stand, ohne einen Hauch von Bewegung, war trocken und verdammt kalt.

Raimund Obermeier versuchte, sich aufzusetzen. Er war nicht gerade gelenkig und verfluchte seine jahrelange Ignoranz, dem Angebot zum Polizeisport zu folgen. Jetzt brauchte er auch nicht mehr damit anzufangen. Er prustete schwer bei der Anstrengung, seinen Oberkörper in die Senkrechte zu bekommen. Wie ein Walross, fiel ihm ein, hörte sich sein Keuchen dabei an. Er gab auf. Was brachte es denn, sich aufzusetzen? Kostete nur unnötig Kraft.

Vielleicht kam die Person ja bald zurück, die ihm das angetan hat. Brachte sie dann was zu essen? Wichtiger wäre ihm etwas zu trinken, Wasser. Viel Wasser.

Bestimmt hatte ihn die Person sediert, ruhig gestellt oder betäubt, bevor sie ihn hierher gebracht hatte. Ja, im Nacken spürte er ein leichtes Brennen, als wäre er dort von einer Wespe gestochen worden. Oder von einer Spritzennadel. Aber wann war das? Wie lange war es her? Seit wann lag er hier? Seit wann?

Wasser! Irgendwo klatschte ein Tropfen Flüssigkeit in eine andere. Weit weg. Weit entfernt wurde es hell. Ein Schimmer nur. In seinem Schädel?

In Obermeiers Kopf begann es zu summen. Das Betäubungsmittel kam zurück in sein Gehirn. Hatte er sich den Wassertropfen nur eingebildet? Er hatte unendlichen Durst. Wenn er nicht in dieser besch … eidenen Lage gewesen wäre, hätte er beinahe gelacht: Silvaner wäre angenehm. Oh ja, ein großer Becher Silvaner, oder gleich ein großes Glas Bier, ein *Seidla*, wie er als Oberfranke gesagt hätte, wäre für den Moment das Paradies.

Aber er hatte genug andere Drogen im Blut. Jetzt hörte er sogar einen fahrenden Zug. Hier?

Wie ein nasser Sandsack plumpste er zurück auf den staubenden Brokatvorhang … so müde … als wäre er tot.

23. ANONYMUS

„Scheibenkleister", schimpfte Michael laut hinter dem Steuer seines Smarts und schlug verärgert ein paarmal aufs Lenkrad, als könnte es etwas dafür, dass er mit seinen Ermittlungen in diesem Fall in der Luft hing. Gut, dass er noch auf dem Parkplatz stand, fiel ihm selbst grimmig auf, und er seine Wut nicht auf die Straße mitschleppte.

Eigentlich sollte er besser mal wieder seine eigenen Aufträge bearbeiten, die zwar eher banal daherkamen, aber wenigstens seinen Lebensunterhalt sicherten.

Die Sache mit Obermeier und die vier Morde hatten ihn völlig in Beschlag genommen. Er konnte sich auf nichts anderes mehr konzentrieren. Ständig spukte diese Frage in seinem Kopf herum: Warum?

Die anderen Fragen fielen auch nicht weniger nervenaufreibend aus: Wo ist Obermeier? Wer hat ihm etwas angetan? Nochmal: Warum? Und wer ist Thiemo Zalus?

Für eine rein zufällige Namensgleichheit mit dem Toten von 2010, Olaf Zalus, war der Nachname einfach zu ausgefallen. Er musste unbedingt herausfinden, wer *Thiemo* Zalus war. Wie lange arbeitete er bereits bei der Stadtverwaltung?

Michael unterdrückte seine Handynummer und wählte die Hauptnummer der Stadtverwaltung Rosenheim. Eine nette Frauenstimme grüßte den Unbekannten mit einer Formel, die sie mit Sicherheit hundert Mal am Tag loswerden musste.

Michael dankte.

„Können Sie mich bitte mit dem Einwohneramt verbinden?" Aus alter Gewohnheit und mit leichter Nervosität nannte er also doch wieder die ältere Bezeichnung.

„Mit dem Bürgeramt?", korrigierte die Dame ihn dezent.

„Äh-ja."

„Leider nicht. Aber, warten Sie einen Moment, ich gebe Ihnen die Nummer."

Zwei Minuten später informierte ihn eine weitere weibliche Stimme, nun im Bürgeramt gelandet zu sein.

„Könnte ich bitte Herrn Zalus sprechen?", bemühte sich Michael um einen lässigen, unaufgeregten Ton.

„Ich sehe mal nach, ob er frei ist. Worum geht's denn?"

„Meine Tan ... Oma, wissen Sie, die hat Ihren Ausweis kürzlich verlängern lassen, und der Sachbearbeiter war der Herr Zalus. Sie ist halt schon ein wenig sehr alt, meine Frau Großmutter, und sie findet jetzt ihren neuen Ausweis nimmer. Sie glaubt, dass sie ihn vielleicht noch gar nicht abg'holt hat. Was die alles vergisst in letzter Zeit!"

„Ja mei", schnaufte die Dame am anderen Leitungsende verständnisvoll, „wenn man älter wird, gell. Moment, bitte."

Es knackte in Michaels Ohr. Ein Klavier spielte eine altmodische Melodie, die genervt hätte, wenn sie noch länger anhielt. Aber Zalus meldete sich schnell und amtlich-korrekt. Sofort hörte Michael den sächsischen Dialekt heraus.

Dresden! Catering-Firma! Olaf Zalus! Thiemo Zalus! Mehr musste er nicht wissen, um den jungen Mann irritieren zu können.

„Ich weiß, warum Sie hier sind." Michael versteckte seine Stimme in tiefem Bariton, sprach norddeutsch, mit singendem S: „Sie werden sich mit mir arrangieren müssen. Vier Leichen kosten mehr als eine."

Zalus legte sofort auf.

Michaels Herz klopfte nun doch stärker, obwohl er sich vorgenommen hatte, gelassen zu bleiben.

„Kleiner Erpresser", schalt er sich. Sollte Zalus sich ruhig Sorgen machen. Auch wenn Thiemo seinen – möglichen – Vater durch ein Verbrechen verloren hatte, nach Michaels Überzeugung war er danach selbst zum vierfachen Mörder geworden.

Er beendete die Nummernunterdrückung seines Smartphones und rief Conny an. Mailbox. Klar, sie hatte ja den ganzen Vormittag Termine, Termine.

Michael quälte sich durch den Verkehr bis nach Hause und schaltete dort sofort den Computer ein. Mit dem konnte er immer noch besser recherchieren als übers Smartphone mit dem kleinen Display und den dämlichen winzigen Buchstaben.

„Auch nicht mehr der Jüngste“, hatte Berti vor kurzem seinem Ego einen Stich versetzt. Vielleicht hatte sie recht, und er brauchte jetzt schon ein Senioren-Handy. Zum Googeln war er jedenfalls noch fähig, grinste er und gab „Landesgartenschau Rosenheim 2010“ ein.

Viele Seiten waren noch vorhanden, meistens ging es um die Nachfolgeveranstaltungen im Mangfallpark-Süd, die als eines von mehreren Überbleibseln der Gartenschau jährlich im Sommer stattfanden. Sommerfestivals.

Ein Lageplan der Pavillons von 2010 mit allerlei Themen zu Garten und Umwelt stand noch im Netz. Michael schaute genau hin. Nochmal. Vier Morde!

Und plötzlich bekam alles einen Sinn!

PLAN B

Er glaubt nicht ans Recht. Er glaubt an Gerechtigkeit, und die muss man sich holen. Man bekommt sie nicht geschenkt. Schon immer gibt es Menschen, die andere abkanzeln, kleinmachen und demütigen. Und dann sind da welche, die noch weiter gehen. Das sind die Schlimmsten. Er weiß, deren Opfer werden niemals zu ihrem Recht kommen. Und selbst wenn: welche Gesetze sind das, wenn die Peiniger über ihre Bewährungsstrafen lachen. Rechtsstaat – darüber lacht er.

„Das Wort existiert", sagte er einmal zu seiner jüngeren Schwester, „aber es ist ein leeres Wort, eine Hülle ohne greifbaren Inhalt. Was uns widerfahren ist, Schwesterherz, hat nichts mit Recht und Gesetz zu tun."

Daniela sah ihn wütend an.

„Dann tu was!", schrie sie. „Verdammt nochmal, tu endlich was!"

Zum ersten Mal wurde ihm bewusst, dass er die Pflicht hatte, seine Familie zu schützen, wenn es der Staat schon nicht konnte. Keine Richter, und schon gar nicht die verfluchten Bullen sind dazu fähig. Nein, im Gegenteil – sie sind skrupellos und unfähig, genau hinzuschauen. Sie glaubten ihm nicht, damals nicht und würden es auch heute nicht.

Aber jetzt ist er ja hier. Auch wenn es Jahre dauern wird: Das Spiel beginnt!

24. Außertourliches

Michael musste unbedingt seine Tante sprechen! Hoffentlich wusste sie noch, wo genau sie den Sepp 2010 angetroffen hatte. Allein sei der Josef zunächst an einem der Tische der Gastronomie gesessen, hatte sie gesagt. Später hatte sie die Namen gehört, die auch zu den jetzigen Mordopfern passten, die alle mit dem regionalen Klang der Oberpfalz sprachen – ein Unterschied zum oberbairischen oder gar münchnerischen Jargon, den vielleicht nur von klein auf Dialekt sprechende Bayern bemerkten. Für die allerdings war diese Abweichung vom Oberbairischen eklatant.

Egal! Michael hatte etwas herausgefunden, das seine Rache-Theorie erheblich unterstrich, rot anstrich und drei Ausrufezeichen dahinter setzte!

Wo war Berti? Sie ging nicht ans Telefon. Hatte sie wieder Senioren-Knack-Yoga? Sonst blieb sie doch auch immer daheim in ihrem Margarethen-Hof. Nur wenn sie hinaus wollte, musste Michael herhalten.

Mit einem mulmigen Gefühl fuhr er los. Noch nie hatte er sich ernsthafte Gedanken darüber gemacht, seiner doch eigentlich rüstigen Tante könnte etwas zustoßen. Dass sie einfach umfiel, bewusstlos in ihrer Küche lag? Hilflos!

Er drückte aufs Gas, und es war ihm wurscht, ob er geblitzt wurde.

An Bertis Apartmenttür schnaufte er schwer. Er hätte den Lift nehmen sollen, dachte er keuchend und klopfte und klingelte ununterbrochen.

Die Tür gegenüber ging auf. Eine weißhaarige Dame sah ihn böse an.

„Was machst ’n so einen Krach? Spinnst du?“, blaffte sie mit heiserer Stimme.

Michael fiel auf, dass das Haupthaar der ergrauten Frau von poppigen lila Strähnchen durchzogen war.

„Warthens", stellte er sich noch immer keuchend vor, „Frau Berti Warthens such ich."

Bertis Nachbarin grinste breit und ausgesprochen amüsiert.

„Freilich", sagte sie, als wäre ihr sofort klar gewesen, was Michael wollte.

Sie trug eine Schürze aus beigem Kunststoff, die Michael an eine Metzgerschürze erinnerte. Dunkle, rötlich-violette Flecken darauf sahen nicht gerade vertrauenserweckend aus. Bevor sich merkwürdige Gedanken bei Michael einschlichen, trat Bertis Nachbarin zur Seite und sagte: „Komm rein."

Ein künstlicher Geruch empfing Michael in der ebenso winzigen Wohnung, wie er sie von seiner Tante kannte. Berti saß mit unheimlich großen Lockenwicklern im dafür viel zu kurzen Haar auf einem Stuhl inmitten des Wohnraums. Eine Plastikfolie unter dem Küchenstuhl verschonte den Fußboden von … ja, wovon eigentlich?

„Grüß dich, Michi", sagte Berti halbherzig erfreut, „spionierst mir jetzt schon nach?"

„Schmarren, Sorgen hab ich mir g'macht."

„Die Kathl färbt mir bloß d' Haar."

Michael rümpfte die Nase. Das gleiche Lila wie auf Kathls Kopf und Schürze leuchtete von Bertis Haupt.

„Das seh' ich!"

Berti erklärte, die Kathl sei Friseurin gewesen, und da mache sie halt ihren Freundinnen ab und zu die Haare. Umsonst.

„Warum bist 'n überhaupt da, Michi?"

Er musste zwar nicht lange überlegen, weshalb er sie sprechen wollte, aber Bertis neue Haarfarbe irritierte ihn doch ein wenig. Er betrachtete ihre gewöhnungsbedürftige Haarpracht in Lockenwicklern einen Tick zu lang.

Kathl nahm am Ecktisch Platz.

„Sie sind doch dieser Detektiv, gell?", fragte sie interessiert. „Lasst euch nur nicht stören!"

Michael wusste nicht, ob es wirklich gut war, wenn er hier seine Fragen stellte.

Berti half ihm: „Jetzt red schon. Was da herin geredet wird, bleibt schon da herin."

Oh ja, dessen war sich Michael aber so etwas von sicher. Trotzdem musste er seine Fragen stellen.

„Wegen der Gartenschau. Wo genau war denn das, wo du den Falterer Sepp damals getroffen hast?"

„Ja, auf der Blümerlschau halt."

„Die war aber ganz schön groß. Da hat's viele Stände gegeben."

„Ja, Michi, ich weiß schon. Aber das war irgendwo in der Mitten."

„Im Mangfallpark-Nord, oder –Süd?

„Ha?"

„Gegenüber vom Freibad an der Mangfall, oder unten am Innspitz, wo der Inn und die Mangfall ..."

„I weiß schon, wo der Innspitz ist!", entrüstete sich Berti. „Ja, da in der Nähe war's."

Michael schluckte.

„War da ein Pavillon? Mit einem Motto?"

„Glaub schon. Irgendwas mit die Elemente."

„Dankschön, Tanterl!"

Berti hatte nicht mal mehr Zeit, sich über das Wort *Tanterl* zu beschweren.

Michael rief noch schnell „Wiedersehen!", und er ließ die Lila-Omas mit offenen Mündern zurück.

Er musste Kommissar Jonas umgehend sprechen!

EIN RUNDGANG

Wenn man 2010 die Landesgartenschau über einen der Eingänge betrat, war das wie ein Tor zu einer anderen Welt in Rosenheim. Wer die Stadt zuvor gekannt hatte, entdeckte nun in weiten Teilen Anderes und Neues – und viel Schönes.

Das Motto INN-SPIRATION, ein Wortspiel mit dem größeren der beiden Flüsse, der in Rosenheim mit der Mangfall zusammenfließt, verstand man erst auf dem weitverzweigten Gelände der Schau. Den Reiz der unterschiedlichen Ausstellungsorte begann man zu begreifen, wenn sich einem der Mangfallpark-Nord mit Aktionen und Attraktionen, wie etwa eine Bootsfahrt auf dem Inn, mit Kunstwerken oder einem echten Biberbau samt tierischen Bewohnern erschloss.

Das Wandern zum Innspitz, dem spitzwinkligen Zusammenfluss der zwei Gewässer, konnte beschaulich und romantisch sein, wenn sich das Gelände vor der Schließung am Abend allmählich leerte. Dann vielleicht hinüber zum Mühlbachbogen, dem Teil mit den unterschiedlichsten Kleingärten, auf dem man sich zweimal die Augen rieb, wenn man den Kopf von den kleinen Idyllen erhob und sich dem hohen Kamin des Heizkraftwerkes und den Wirtschaftsgebäuden der Stadtwerke in unmittelbarer Nachbarschaft gegenüber sah. In vielen der Zier- und Nutzgärtchen plätscherte Wasser in Teiche, und Wasserräder drehten sich.

Im Mangfallpark-Süd herrschte täglich buntes Treiben, entweder auf einer Konzertbühne, auf einem künstlichen Kanal als Kajakstrecke, oder in einer echten Arche als Tagescafé.

Ein Skulpturenweg mit Kunstwerken von Künstlern aus der Umgebung und der Rundweg aus der Stadt heraus über die verschiedenen Gelände ließen gerne die Füße anschwellen.

Zahlreiche Pavillons in den beiden Mangfallparks informierten über die Aktivitäten von Naturschutz-Verbänden und -organisationen, über Ökosysteme und viel anderes Wissenswertes über die Natur.

In der Nähe eines dieser Pavillons geschah eines trüben Sommertages im Jahr 2010 ein banales, ja eigentlich ein nichtiges Ereignis. Und wenn das Wörtchen „eigentlich“ nicht wäre, hätte es das Leben von ein paar Menschen nicht grundsätzlich und buchstäblich in eine andere Richtung geschleudert.

25. Elementar

Im Polizeipräsidium war wie so oft die Hölle los. Dienstag. Noch vor Mittag. Manchmal war Michael froh, nicht wie schon mal angedacht Polizist geworden zu sein. Nur: darüber zu grübeln, war jetzt wirklich nicht der Zeitpunkt.

Der hinter gepanzertem Glas an der Pforte sitzende Beamte kannte Michael bereits von den früheren Besuchen des Detektivs. Die Kommunikation zwischen Besucher und Pforten-Beamtem funktionierte über Mikro und Lautsprecher.

Michael kam gleich auf sein Anliegen zu sprechen: „Ist Kommissar Jonas schon wieder im Haus?“

Der etwas behäbig wirkende Beamte in Uniform schaute kurz in seinem Computer nach und anschließend Michael einigermaßen entgeistert an.

„Der Kommissar hat sich für heute selbst beurlaubt.“

„Ja, geht denn das?“

„Eigentlich nicht. Aber darüber darf ich Ihnen keine Auskunft geben.“

„Und wer könnte das?“

„Moment.“

Wieder suchte der Staatsdiener ewig im PC herum.

„Frau Kommissarin Kilian, vielleicht.“

Michael wurde nun doch reichlich unduldsam.

„Vielleicht, oder bestimmt?“

Der Uniformträger studierte kurz seine Bildschirmangaben.

„Ich frag mal nach.“

Er wählte eine Telefonnummer, wandte sich samt Hörer ab, obwohl Michael ihn ohne Mikrofon sowieso nicht verstehen konnte, und gestikulierte ein wenig mit der freien Hand.

Kurz darauf erfuhr Michael von ihm, dass er, der Detektiv, ein von KHK Obermeier oft genannter Zeuge war und aktuell auch sei, und dass Frau Kommissarin ihn sprechen wolle. Erster Stock, Büro neun.

„Name steht dran."

Kommissarin Kilian wirkte auf Michael im ersten Moment wie eine dünne, ziemlich große Extremsportlerin, die in einem etwas zu weiten Hosenanzug steckte. Ihr brünettes Haar trug sie als Bob-Frisur, die anscheinend wieder modern wurde, aber gut zu ihrem sportlichen Erscheinungsbild passte. Ihr Alter konnte Michael absolut nicht abschätzen, und sie war, ungewohnt für Februar, braun wie ein Kaffeeböhnchen.

Im Moment war ihm auch egal, ob die Kommissarin in Urlaub gewesen war, oder sich die Haut im Solarium künstlich altern ließ.

„Sie sind also Michael Warthens", stellte sie mit humorlosem Gesichtsausdruck fest. Die von Michael gereichte Hand ignorierte sie.

„Setzen Sie sich doch."

Michael dankte und räusperte sich. Die Situation kam ihm etwas absurd vor. Was machte er eigentlich hier? Wieso ließ die Kommissarin Michael in ihr, gelinde gesagt, noch schlichteres Büro als das von Obermeier?

„Ist Kommissar Jonas tatsächlich in Urlaub?", fragte er wegen des zu diesem Zeitpunkt erstaunlichen Vorhabens von Obermeiers Mitarbeiter.

Kommissarin Kilian setzte sich nun ebenfalls in ihren Bürostuhl und schlug die Beine übereinander.

„Sie sind da falsch informiert. Er hat sich krankschreiben lassen." Ihre Stimme klang robotermäßig distanziert. „Sie haben sich ihm als Zeuge zur Verfügung gestellt?"

„Wenn Sie das so nennen wollen. Ja."

„Ich habe die Sache mit KHK Obermeier seit heute Morgen in die Hand genommen", erklärte sie erstmals in einem weniger amtlichen Tonfall, „und über Ihre ...", sie machte eine Pause, um einen Klebestift vom Tisch zu nehmen und ihn spielerisch von Hand zu

Hand wandern zu lassen, „... Vermutungen nachgedacht. Kommissar Jonas hat mir schon davon berichtet. Wollten Sie ihm deshalb weitere Details zukommen lassen, oder haben Sie etwas, das uns zum Hauptkommissar bringen könnte?"

Michael schnupperte ein merkwürdig billiges Parfüm, das in der Luft hing. Das Büro sah aus wie ein Provisorium. In einer Ecke lagerten Umzugskartons.

„Sie haben also auch mit der Aufklärung der Morde an den zwei Frauen und den zwei Männern zu tun?"

„Nicht nur ich. Aber ja, ich bearbeite sozusagen kommissarisch seine Fälle."

„Na gut. Dann kennen Sie auch von Kommissar Jonas meine, und ich kann sagen auch *Obermeiers* Theorie, dass die vier Opfer Gemeinsamkeiten haben, die man nicht auf den ersten Blick erkennt?"

„Ja. Ist aber ..."

„Oh nein", fiel ihr Michael in den Widerspruch, „nicht nur, dass die Opfer 2010 zur gleichen Zeit am gleichen Ort waren, dass sie vermutlich zusammen auf die Gartenschau gefahren waren! Nein! Sie hatten sich am Kiosk neben dem *Pavillon der vier Elemente* getroffen, und ich wette, der Tote, der damals aus der Mangfall geborgen wurde, hatte mit denen zu tun."

„Warum?", fragte die Kommissarin trocken, ohne ihr Spiel mit dem Klebestift zu beenden.

„Weiß ich nicht genau. Jedenfalls wurden die vier Opfer nach einem System ermordet!"

„Was?" Der Klebestift landete mit einem lauten Klacken auf dem Schreibtisch.

Michael begann, mit den Fingern herunterzuzählen: „Falterer Sepp: Feuer! Loretta – oder Frau Bernhuber: Wasser! Herrn Renner wurde der Hals abgeschnürt und die Luft abgedreht: ergo Luft! Und dieser letzten Dame wurde Humus in den Mund gestopft und sie dann begraben: Erde! Vier Elemente! Pavillon!"

Kommissarin Kilian stellte ihre Beine parallel und beugte sich über den Schreibtisch. Durchatmen.

„Soll ich Ihnen was sagen, Herr Warthens: da ist was dran!“

„Aber hallo!“, wurde Michael laut.

„Und das Motiv liefern Sie auch noch gleich, oder?“

Sie war wohl doch nicht ganz überzeugt von Michaels Erkenntnissen.

„Der Mann, Olaf Zalus, der angeblich durch Alkoholeinfluss zu Sturz kam, hat vermutlich einen Angehörigen, einen Sohn vielleicht, oder einen nahestehenden Freund, der nicht glaubt, dass das ein Unfall war. Was, wenn die vier Opfer mit Zalus damals irgendwas verband?“

„Was sollte das denn gewesen sein?“, stoppte ihn die Kommissarin. „Und warum sollte dann Jahre später …?“

Jetzt unterbrach Michael: „Weil Jonas in den Akten einen Zeugen mit den Initialen T. Z. ausgemacht hat, der damals Obermeier auf ein mögliches Verbrechen hingewiesen hat. Dass es kein Unglück war.“

Noch verriet er ihr nicht, wen er mit T. Z. in Verdacht hatte.

„Hm“, machte die Kommissarin, schnappte sich erneut den Klebestift und drückte ihn gegen ihre Unterlippe, „hab schon verstanden: Sie meinen, das Verschwinden unseres Hauptkommissars kann den Grund haben, dass jemand einen Hass auf ihn hat? Wegen unterlassener Ermittlungen?“

„Sie sind aber schnell mit Ihrer Auffassungsgabe.“

Zum ersten Mal seit Michael im Büro war, huschte eine Art von Lächeln über die schmalen Lippen der Kommissarin.

„Ich bin Polizistin“, stellte sie klar, „und Sie bleiben jetzt mal schön, wo Sie sind.“

Michael spürte, wie Zorn in ihm hochkam. Er wünschte sich, ihr Klebestift wäre nicht verschlossen gewesen, als sie ihn an ihren Mund gehalten hatte.

„Wieso?“

„Das nehmen wir jetzt alles als Aussage auf, damit wir die Fakten nachprüfen können. Der Interview-Raum ist gerade belegt, ich hole uns ein Aufnahmegerät und einen Beamten als Zeugen. Ist doch in Ordnung für Sie?“

Eigentlich nicht, fürchtete Michael.

„Wenn Sie Jonas' und Obermeiers Akten zu den Fällen heute und damals einsehen ..."

„... werden wir sie mit Ihren Angaben abgleichen und dementsprechend handeln."

Frau Kilian besaß sehr frauliche, große Augen mit langen, dunklen Wimpern. Aber ihr Blick ließ Michael frieren.

Ausgenutzt, dachte er, während er zusammen mit einem eilig herbeigerufenen Uniformträger im Büro auf Kilians Rückkehr wartete. Sie würde sehen, wie recht er hatte. Da vernachlässigte er seine eigenen Fälle, und nun so etwas! Falls das zur Aufklärung beitrug, gut. Wenn es Obermeier außer Gefahr brachte, umso besser.

Den Bürgeramt-Fuzzi würde er der Hosenanzugdame jedenfalls nicht auf die Nase binden. Wenn dieser Zalus Obermeier auch noch auf dem Gewissen hatte, wusste Michael, was zu tun war.

„So, dann wollen wir mal!", schlug Kommissarin Kilian nach ihrer Rückkehr vor und stellte Michael das Mikrofon vor die Nase.

PLAN UND WIRKLICHKEIT

Er selbst glaubt nach einem Dreivierteljahr kaum noch, tatsächlich einen Anhaltspunkt zu finden. Wo soll er beginnen? Ja, sie veranstalten jetzt Sommerfestivals auf dem Gelände der Gartenschau. Nicht übel, denkt er. Sie feiern dort, wo er ... damals ... betrunken ... Unfall ...

Nein! Es war kein Unfall. Olaf rief ihn damals am Nachmittag an. Da waren diese Typen, die ihn beleidigten und beschimpften. Bedrohten. Angst habe er, flüsterte Olaf ins Handy, Angst, dass ihm etwas zustoßen könnte. Er ließ sich nicht genauer darüber aus. Anscheinend hatte er wenig Zeit zum Telefonieren. Er musste ja arbeiten am Getränkestand, dort, direkt neben dem Pavillon der Elemente.

Vielleicht hatte er Angst vor den Besuchern, denen er das Weizenbier – oder Weißbier, wie sie in Bayern sagen, versehentlich über ihre Hosen und Röcke verschüttet hatte. Kann ja mal passieren. Aber die sind gleich wütend geworden und wollten sich bei seinem Chef beschweren. Sogar das Wetter verhagelte den Besuchern die Laune. An diesem Tag war es stark bewölkt, nicht besonders warm für Juli, höchstens zwanzig Grad. Ab und zu nieselte es nass aus dem grauen Deckel über Rosenheim. Nicht gerade inspirierend für den Besuch auf einer Gartenschau – besonders, wenn man auch noch eine weite Anreise für nur einen Tag dort hinter sich hat. Und die Rückreise stand ja auch noch bevor. Ja, er weiß genau Bescheid. Er recherchierte akribisch.

Olaf, sein Vater, verdiente kaum was mit dem Job, aber sie brauchten zu dieser Zeit das Geld. Er selbst war noch in der Ausbildung, seine Schwester auf dem Gymnasium. Seine Mutter arbeitete in zwei Minijobs, weil sie keinen regulären bekam. Im Osten war es schwerer, sogar in einer Stadt wie Dresden, eine ordentlich bezahlte Arbeit zu finden. Die Wirtschafts- und Bankenkrise von 2008 warf noch immer gewaltige Schatten. Aber sie kamen über die Runden, wenn Olaf nicht wieder arbeitslos wurde. Also schnauzte Olaf nur kurz zurück, nachdem sie ihn zur Sau gemacht hatten. Irgendwas muss er gesagt haben, etwas, das sie wütend gemacht hat, denn am Montagmorgen lag er mit aufgeschlagenem Hinterkopf und mit dem Gesicht im Wasser am Ufer der Mangfall.

Die offizielle Version der Gerichtsmedizin und der Polizei hieß „Tod durch Ertrinken nach Bewusstlosigkeit infolge eines Sturzes über die Dammböschung und Aufschlag auf einen Felsen." Aufgrund der Fußspuren von zahlreichen LGS-Besuchern am Fundort könne man zwar eine Beteiligung Dritter nicht völlig ausschließen. Beim Verstorbenen habe man aber zum Zeitpunkt seines Todes 1,9 Promille Blutalkohol nachgewiesen, wobei man von einem Unfall wegen starker Alkoholisierung ausgehen müsse.

Tja, denkt er, niemand glaubte mir, als ich von dem Streit erzählt habe, den er mir am Telefon geschildert hat.

Dieser Arsch von Bulle, der aussah, als sei er selbst hochgradiger Alki, legte den Fall zu den Akten. Deckel drauf. Ist er halt tot, und wenn es stimmt, was er vermutet, dann denkt dieser Bulle: der blöde Ossi!

Nach und nach stieß er auf Gemeinsamkeiten einiger Gartenschau-Besucher, die er dank seiner neuen Stelle aufspürte. Vier davon machten den Fehler, hierher zurückzukehren.

Einen Mordsfehler!

26. Tiefkühlware

Die Zeugenaussage bei Kommissarin Clarissa Kilian hatte Michael extrem genervt. Er kam sich vor wie einer, der die Lottozahlen richtig vorhersagen konnte und statt sie selbst zu spielen, einem anderen zum fröhlichen Abkassieren überließ.

Die Superzahl hatte er aber für sich behalten: *Thiemo* Zalus! Frau Kilian war bei der Besprechung am Freitag noch nicht in Obermeiers Team, und Jonas hatte ihr den Namen noch nicht genannt. Wollte er die Lorbeeren für die Aufklärung allein ernten?

Allmählich merkte man, dass die Tage im Februar wieder länger wurden. Maria-Lichtmess, der Tag, an dem es um genau eine Stunde länger hell war als zur Wintersonnenwende, war vor zehn Tagen gewesen. Da hatte er noch mit dem größten Kaufhaus der Stadt verhandelt und sich Gedanken über einen oder zwei neue Mitarbeiter für seine Detektei gemacht. Sie sollten die Aufträge übernehmen, die er zeitlich nicht bewältigen konnte – oder nicht selber bearbeiten wollte, wie eben Ladendiebe zu stellen.

Zwei Tage später, am Montag, 4. Februar war dann das Feuer in Sepps Wohnung ausgebrochen. Seitdem ließ ihn die Frage nach dem Warum, dem Wie und dem Wer auf der Landesgartenschau nicht los, und trotzdem musste er wieder seinem Tagesgeschäft nachgehen.

Der Geschäftsführer des Kaufhauses hatte ihn gestern, Montag, angerufen, was denn nun endlich mit einem Angebot sei? Es gebe ja schließlich noch mehr Detekteien, die sich beworben hätten. Michael hatte eilig ein Angebot zusammengezimmert und es per Mail gesendet. Bis eine Antwort kam, verging sicher noch etwas Zeit, dachte er. Die Zahlungen der letzten Klienten trudelten nach und nach auf seinem Konto ein. Mit manchen hatte er Ratenzahlung vereinbart, also stimmte auch seine Kasse für die nächste Zeit.

Als er jetzt seinen PC aktivierte, fiel ihm die Antwort-Mail des Warenhaus-Geschäftsführers als erstes ins Auge: ... *bitten wir Sie umgehend um ein Gespräch in unserem Haus.*

So schnell? War sein Angebot zu günstig? Hatte er falsche Kalkulationszahlen angegeben und sich selbst dabei beschissen? Hastig prüfte er seine Angaben – alles in Ordnung.

Um vierzehn Uhr stand er auf der Rolltreppe zur Marketing-Abteilung des Hauses in der vierten Etage. Um eine Minute nach zwei fuhr Kommissar Jonas auf der nach unten rollenden Treppe an Michael vorbei. Er blickte interessiert in die entgegengesetzte Richtung, Abteilung *Damenwäsche & Dessous.*

So arg krank konnte Jonas also nicht sein, dachte Michael, der sich nicht bemerkbar machte, um Jonas' Augenschmaus nicht zu stören. Merkwürdig fand er schon, dass der Kommissar sich krankschreiben ließ und sich dann in der Stadt herumtrieb. Nun, vielleicht hatte er sich ja nur ein Medikament in der Apotheke geholt, die sich im Kaufhaus befand.

Michael streifte sein Nachdenken darüber schnell ab. Es gab schließlich Gebrechen, bei denen man nicht unbedingt das Bett hüten musste. Vielleicht war es was Psychisches, schloss Michael mit dem Gedanken ab und meldete sich bei der Geschäftsführung an.

Der neue Auftrag für die Detektei Warthens sollte mehr als nur die Überwachung mit Kameras und das Stellen von Langfingern abdecken. Was Michael nicht gewusst hatte: der Konzern unterhielt unter anderem einen Online-Bestelldienst, der auch Lebensmittel auslieferte.

„Sehen Sie“, meinte der junge, dynamische Geschäftsführer mit bunter Krawatte und angedeutetem Vollbart, „das TK-Segment bauen wir schon seit Jahren aus. Kennen Sie unseren Lieferservice *Die Kühltruhe*? Nein? Wir befinden uns da gerade in einem kommerziellen Dreikampf gegen die zwei Marktführer in Deutschland, und wir wollen – nein, wir *werden* diesen Kampf gewinnen.“

Der Mann im Anzug der hauseigenen Marke lachte selbstbewusst.

„Und was hat das mit mir zu tun?"

„Könnten Sie sich vorstellen, Ihre Detektei in eine Art Wachdienst umzuwandeln?"

Michael dachte, er höre nicht richtig. Er schüttelte den Kopf.

„Ich glaube, da sind Sie aber an der ganz falschen Adresse." Er wollte zwar nicht zugeben, dass er – noch – alleine arbeitete, aber einen Wach- oder gar Security-Dienst zu organisieren, da lag die Messlatte eindeutig zu hoch für ihn.

„Ja, ja", beschwichtigte ihn Herr Schmid, der Name, mit dem der Geschäftsführer Mails unterschrieben und sich vorgestellt hatte, „ich verstehe Ihre Skepsis, Herr Warthens. Aber sehen Sie das doch mal so: Ganz so weit entfernt von Ihrer Tätigkeit wäre das ja nicht, oder? Und Ihre Referenzen, also man musste ja nur die Zeitungen lesen in den letzten beiden Jahren, könnten besser nicht sein, und Ihre Preise, na hören Sie, da kann kein anderes Unternehmen, verzeihen Sie den Ausdruck, dagegen anstinken."

Wieder lachte er gekünstelt, und Michael verfluchte sich selbst. Doch zu billig!

An diesem Tag würden sie sowieso zu keiner Einigung mehr kommen. Michael war im Moment entschlossen, sich nicht zu verbiegen und ein Schuster zu sein, der bei seinen Leisten blieb. Im Gewerbegebiet Süd hätte er eine Halle bewachen sollen, besonders an den Wochenenden, wenn keine Auslieferungen stattfanden. Eine Halle für TK-Waren, riesig und saukalt. Michael grauste allein bei dem Gedanken, sich dort aufzuhalten. Tiefkühlkost hatte seine Tante Berti ab und zu liefern lassen, wenn sie wegen ihrer Knochenprobleme mal nicht am Herd stehen konnte. Michael hatte dann zwar mitgegessen, aber nicht glauben können, dass das seiner Tante schmecken würde.

„In der Not frisst der Teufel Fliegen", hatte sie den alten Spruch losgelassen. Michael hatte auch einen gewusst: „Und was der Bauer nicht kennt, frisst er ned. Punkt!"

Berti hatte ja partout nicht mit in den Klosterkeller gewollt, um dort etwas Anständiges zu essen.

Wichtig erschien ihm nach seinem Kaufhaus-Trip erstmal, den Stand der Dinge im Fall Obermeier zu erfahren.

27. Spareribs

Am Nachmittag des trüben Dienstags kam doch noch für eine Weile die Sonne aus ihrer Deckung. Der Milchschleier am Himmel zerriss wie feuchtes Papier in tausend dünne Fetzen. Schnee würde es wohl nicht mehr geben, zumindest nicht in diesem Monat. Faschingsnarren hopsten bestens gelaunt über den Max-Josefs-Platz, manche weibliche in kurzen Baströckchen oder als sexy Rotkäppchen. Ein paar Star-Wars-Fans schwitzten in Sturmtrupp-Uniformen.

Noch eine Woche, dann begann wieder die Fastenzeit, die Michael zum Abnehmen nutzen wollte. Aber noch war es nicht soweit. Noch war *Carne Vale*, die Zeit des Fleisches. Was passte besser dazu, als Spareribs in Oscars Klosterkeller, dem Gasthof mit ganztags warmer Küche.

Der asketisch wirkende Wirt musste sich keine Sorgen um seine Figur machen. Seine gut bürgerlichen Gerichte konnten ihm im Gegensatz zu Michael nichts anhaben.

Michael ließ sich die Riesenportion schmecken, die Oscar wie jedes Mal, extra für ihn, normabweichend um knapp das Doppelte vergrößerte. Schließlich hatte Michael in seiner Eigenschaft als Privatermittler den kriminellen Scherzbold enttarnt, der ein paarmal das STER im Schriftzug an Oscars Klosterkeller geschwärzt hatte. Einige Passanten hatten die Einladung zum KLO-KELLER dann durchaus wörtlich genommen. Seit Michael den Schmierfinken gefasst hatte, verirrte sich keiner mehr.

Er hatte fast fertig gegessen, als der kranke Kommissar Jonas die große Gaststube betrat. Michael versuchte, von ihm nicht gesehen zu werden. Vielleicht wäre es dem Kommissar selbst peinlich gewesen, wenn er ihn in einer Wirtschaft herumhängen sah. Musste Jonas nicht damit rechnen, wenn er im Krankenstand in der Stadt umherlief? Zum Arzt muss man natürlich schon auch, fiel Michael gnädig ein – aber in den Klosterkeller? Zur Genesung?

Jonas bekam einen Platz an einem Zweiertisch und setzte sich so hin, dass er Michael nicht sehen konnte.

Michael bezahlte, und Oscar meinte, allmählich könne er über die Einrichtung einer Polizeikantine im Klosterkeller nachdenken.

„Wieso?“, fragte Michael heftig interessiert.

Oscar grinste.

„Die Kommissarin war heut’ schon da, weißt, die große, die immer so braun ist. Und der Pressesprecher vom Präsidium war da, der Dings – ist ja wurscht. Und jetzt der Jonas. Fehlt bloß noch dem sein Chef, der Hauptkommissar, dieser Franke.“

Michael half ihm: „Der Obermeier.“

„Genau. Weißt, Michi“, plauderte Oscar weiter, „der hat ja bei mir fast ein Abo, trinkt jedes Mal schon zu Mittag sein Weinderl und ist eigentlich ein ganz angenehmer Mensch. Jetzt war er aber seit letzter Woch’ schon nimmer da.“

Als wäre es eine Frage an Michael gewesen. Oscar wusste, Michael verband mit Obermeier ein spezielles Verhältnis.

„Du, ich weiß nicht, was mit ihm los ist. Musst halt seinen Lakaien da drüben fragen.“

Michael machte eine Kopfbewegung in Jonas’ Richtung.

„Is schon gut.“ Oscar bemerkte Michaels Unlust zu reden. „Siebzehn zwanz’ge macht’s.“

Michael verkniff sich den Gang auf die Toilette. Der Weg dorthin hätte ihn an Jonas vorbeigeführt. Irgendwas hielt ihn davon ab, dem Kommissar über den Weg zu laufen. Jonas konnte eigentlich nicht wissen, dass Michael von seinem Krankenstand unterrichtet war. Über die neuesten Entwicklungen im Fall Obermeier wäre er auch nicht informiert, wenn er nicht im Dienst war. Und genau das kam Michael spanisch vor.

Der wichtigste Mann im Fall des Gartenschau-Mörders, Jonas’ Boss Obermeier war in höchster Gefahr, und Jonas, als eine Art Stellvertreter, schlich sich einfach so davon.

Michael bemerkte, wie Jonas ungeduldig mit den Fingern auf den Tisch trommelte. Wartete er auf jemand? Auf seine Bestellung wahrscheinlich, beschwichtigte sich Michael, nahm seinen Mantel und schlüpfte hinein. Mit hochgezogenem Kragen trat er hinaus ins milde Winterlicht. Die Sonne stand nun so tief, dass sie ihn blendete. Eine Gruppe plärrender Faschingsfans in Bärchenkostümen tanzte in der Nähe über den Platz.

Michael kramte in den Manteltaschen nach seiner Sonnenbrille. Er hatte sie natürlich nicht dabei und blinzelte in die Sonne. Seine Augen begannen zu tränen. Zum Schutz legte er seine Hand darüber. Verschwommen nahm er wahr, wie ein nicht maskierter Typ mit tief ins Gesicht gezogener Norwegermütze an ihm vorbeihuschte und im Klosterkeller verschwand.

Der Trubel auf dem Max-Josefs-Platz nahm zu. Übermorgen war Weiberfasching. Michael fragte sich, ob Conny da mitmachte und kam zu dem Schluss: wohl eher nicht. Berti vielleicht. Wozu hatte sie sich sonst die Haare lila färben lassen?

28. Zugeparkt

Michael machte sich auf den Weg zum Bürgeramt. Zalus beschatten und ihn aus der Reserve locken, das sollte seine Trumpfkarte werden. Aber Zalus ließ sich nicht blicken. Noch nicht. Das Amt hatte Dienstag und Donnerstag bis Siebzehn Uhr geöffnet. Zu warten, bis Zalus Feierabend hatte, das dauerte ihm zu lange.

Michael brach die Observation ab. Der lief ihm ja nicht davon, aber Obermeier saß wohl tief in der Patsche!

Den dritten Tag war der Kommissar nun verschwunden, und es gab noch immer keine Spur von ihm oder seinen möglichen Entführern.

Vielleicht hatte Michael Glück, und die Kommissarin war noch im Präsidium. Er hoffte inständig, etwas über den Stand der Ermittlungen zu erfahren. Weit war es nicht zum Präsidium. So klopfte er persönlich bei der Kommissarin an.

„Was wollen Sie denn, Mensch!", rüffelte sie Michael wie einen lästigen Hausierer. „Wenn Sie nichts zum Fall beizutragen haben, dann lassen Sie uns bitte unsere Arbeit machen!"

Sie war also noch im Dienst. Michael ließ sich nicht aus der Ruhe bringen.

„Schon gut, Frau Kommissarin", bemühte er sich um eine friedliche Konversation. „Ich mache mir eben große Sorgen wegen Obermeier. Sie wissen ja – nein", gab er auf, ihr Dinge zu erklären, die sie wahrscheinlich nicht verstand und auch nichts angingen, „wissen Sie nicht."

Er holte tief Luft. Er wusste, was er jetzt sagen würde, konnte den endgültigen Rausschmiss bedeuten.

„Sie sollten allerdings eines wissen, ob es Ihnen passt oder nicht. Kommissar Jonas ist …"

„Ja? Was ist mit mir?"

Jonas! Plötzlich tauchte er in diesem Büro auf. Irgendwie war Michael froh, dass er seine doch recht infantile Petze nicht zu Ende gesprochen hatte.

„Ach nichts. Ich dachte, Sie sind krankgeschrieben?“ Michael kannte natürlich den Begriff auf ärztlichen Bescheinigungen: arbeitsunfähig. Er ließ es sein, ihn zu verwenden. Denn was seit Obermeiers Verschwinden an polizeilicher Ermittlung sichtlich nicht geschehen war, grenzte seiner Meinung nach an polizeiliche Arbeitsunfähigkeit.

Jonas zuckte mit den Schultern.

„Mein Arzt hat mir was verschrieben. Geht schon wieder.“

Ein Bierchen im Klosterkeller auf Rezept, dachte Michael böse.

„Na, meine Dame, mein Herr, dann können Sie ja jetzt mit vereinten Kräften loslegen, Ihren Chef zu finden.“

Jonas und Kilian sahen ihn an wie zwei Kampfhähne, die sich gegen einen dritten verschworen hatten.

Michael verabschiedete sich eilig.

Fünf Minuten später rief er Conny an. Endlich war sie wieder zu erreichen.

„Können wir uns sehen?“

„Freilich“, stimmte Conny zu, „wann?“

„Ich fahr nur noch schnell wo vorbei. Mal schauen, wie es da aussieht.“

„Äh? Wo?“

„So eine Kühl-Halle im Gewerbegebiet Süd. Vielleicht nehme ich einen lukrativen Auftrag an.“

Er erwog nun doch, den Auftrag des Konzerns anzunehmen. Nur mal vorbeischauen wollte er, sich die Örtlichkeit von außen ansehen. Vielleicht war sein ablehnender Reflex gegen eine Ausweitung seiner Firma doch falsch. Darüber nachzudenken war schließlich nicht verboten.

„Übrigens, magst du Tiefkühlpizza?“

Conny fragte schäkernd, ob er übergeschnappt sei.

„Du weißt doch, dass ich mich anders ernähre.“

Michael dachte sofort an ihren drollig wirkenden Tee und ihre genauso unberechenbaren Kekse.

„Gesund. Schon klar. Bis später.“

Es dunkelte bereits. Ein Lieferwagen hatte seinen Smart auf der Loretowiese so zugeparkt, dass er ihn wohl kaum ohne Schrammen aus der Lücke bekommen würde.

„Vollpfosten!“

Nicht mal die Fahrertür ließ sich so weit öffnen, dass er mit seiner dicken Jacke ordentlich einsteigen konnte. Er musste sich ganz schön verbiegen – und spürte, wie ihn eine Wespe in den Nacken stach. Wespe? Im Februar? Sein Hals brannte plötzlich wie Feuer. Kirschgeschmack breitete sich aus. Als wäre er blind, schaute er ins Schwarze. In seinem Kopf kreischte ein Stabmixer – und verstummte.

Er

Er weiß durch sein letztes Telefonat mit Olaf Zalus, die Leute, die ihn wegen des verschütteten Weißbiers anblafften, redeten einen etwas anderen bairischen Dialekt als die Rosenheimer. Nuancen nur, aber Olaf besaß zu Lebzeiten ein gutes Gehör, sang in einem Chor und spielte eigentlich hervorragend Klavier, wenn er seines nicht verkauft hätte, nachdem er arbeitslos wurde.

Wie so oft berichtete Olaf ihm, oder seiner Frau und seiner Tochter telefonisch, was an den Tagen so los war, dort, wo er arbeitete. Man muss sich ja irgendwie austauschen über das Erlebte, besonders wenn man es mit Arschlöchern zu tun hat.

Von Regensburg sprachen die Typen, erzählte ihm Olaf, und dass der Busfahrer ein Wilder sei, der Verkehrsregeln auf dem Jahrmarkt – sie sagten „Dult" – gelernt hätte. Olaf klang sehr angespannt am Telefon. Die zwei Damen und zwei Herren hatten ihn gehörig aus der Ruhe gebracht.

Busunternehmen boten Tagesfahrten aus ganz Bayern und darüber hinaus an. Drei Busse aus Regensburg waren am 18. Juli nach Rosenheim gefahren. Es kostete ihm viele Anrufe und fingierte Umfragen, um das herauszubekommen. Es waren etwa 150 Personen, die vielleicht mit Olafs Tod zu tun haben konnten. Wie sollte er aussieben, selektieren, ausschließen? Er erinnerte sich, dass Olaf geäußert hatte, die hätten zwar über einen Busfahrer gelästert, aber sie selbst seien nicht mit einem Bus gekommen, sondern mit dem Auto. Sie hatten wohl einen kleineren Unfall mit einem Bus aus Regensburg bei der Anreise, nichts Schlimmes, aber einen, der polizeilich aufgenommen wurde.

Nach seinem Anruf bei einem zweiten Regensburger Busunternehmen war er schon schlauer: Er sei damals mitgefahren, log er, und er habe eine Aussage zu machen, die den Busfahrer entlasten würde. Er wolle sein Gewissen erleichtern. Natürlich ging die Dame am Telefon darauf ein. Es war die Frau des Fahrers, der nun die Busse in der Werkstatt wartete, anstatt sie zu fahren.

Sogar das Kennzeichen des Personenwagens bekam er genannt. Ging einfacher als gedacht.

Der Halter des Fahrzeugs war schnell ermittelt. Bürgeramt und andere Behörden arbeiten schließlich zusammen. Und dann waren der und seine Mitfahrer so blöd, einer nach dem anderen nach Rosenheim umzuziehen. Über deren Motive dazu rätselt er noch heute. Aber warum soll er sich darüber Gedanken machen!

Unglaubliche sechsundzwanzig Personen zogen seit der Gartenschau von Regensburg nach Rosenheim um. Sechs davon hatten, laut seiner Telefonumfrage, 2010 die LGS besucht. Er gab sich als Mitarbeiter der Stadtverwaltung aus, wobei er ja nicht mal log. Die Stadt erstelle mit dem zeitlichen Abstand zur LGS nun eine Zufriedenheitsstudie darüber, und ob ihr Umzug nach Rosenheim in irgendeiner Weise von der LGS beeinflusst worden sei. Zwei Haushalte waren Familien mit bereits größeren Kindern, die zur Gartenschau zehn bis vierzehn Jahre alt waren.

Vier blieben übrig. Zwei alleinstehende Frauen, zwei einsame Herren. Sie auszuspionieren, dazu nahm er sich viel Zeit. Mal zufällig ein Rempler im Supermarkt, bei dem man danach zwanglos ins Gespräch kam. Mal ein Besuch bei einer Prostituierten …

29. Versetzt

Conny freute sich auf Michaels Besuch und war von sich selbst überrascht, wie sehr.

Seit sie wieder allein lebte, hatte sie, ausgenommen beruflich, kaum noch Kontakt zu ihren früheren Freundinnen und Freunden. Die meisten hatte sie ohnehin erst über ihren Mann kennengelernt. Nachdem sich Conny und Stefan auseinandergelebt hatten, schlugen sich fast alle auf die Seite ihres langjährigen Spezis. Zwei Frauen hatten sich wie ausgehungerte Hyänen auf ihn gestürzt, als sie durch die Scheidungspläne Land gewittert hatten. Conny kam es vor, als hätte sie sich auch von den Freunden und Bekannten scheiden lassen. Sie war also nur eine Episode im Leben von Stefan gewesen, und so hatte sie sich auch kurz danach gefühlt, betrogen, verlassen und ausgenutzt von den sogenannten Familienfreunden, die ja doch nur immer die von Stefan geblieben waren.

Aber sie war auch die Mutter seines Sohnes. Paul lebte in Tübingen, Connys Studienbekanntschaften waren schon längst in ihre Heimatstädte zurückgekehrt oder ins Ausland gegangen, hatten Familien. Einzig ein paar Bekanntschaften aus ihrer Zeit am Gymnasium hatte sie vor zwei Jahren reaktivieren können: durch den merkwürdigen Umstand, mit Michael zusammen Morde an früheren Mitschülern zu klären.

Und dann war da noch das Hindernis für Dauerfreundschaften, dass sie für andere eine verrückte Glaskugel-Guckerin war, die total abgehoben im Nirwana schwebte, anstatt es mal ordentlich krachen zu lassen.

Ja, Conny wusste genau, was viele ihrer weiblichen Bekannten dachten, und die männlichen. Gab es denn welche? Seit sie Michael wieder zu ihren Freunden zählen durfte, war da zumindest einer. Und der ließ ganz schön auf sich warten an diesem Dienstagabend.

Sie hatten ja keine Zeit ausgemacht, aber allmählich ging es auf Neun zu. Kein Anruf, keine Absage per SMS, Mail oder WhatsApp.

Sie kannte ihn mittlerweile gut genug, um zu wissen, dass ihm berufsbedingt manchmal einiges dazwischenkam. Vielleicht rief er ja doch noch von sich aus an.

Bei ihm aktivierte sich immer nur die Mailbox.

Eine Stunde später wählte sie Bertis Nummer. Es klingelte ewig lang, bis sich Michaels Tante meldete, stimmlich nicht eben fit. Conny erfuhr, Berti sei schon im Bett gewesen. Und: „Wenn er ned mag, dann mag er ned, der Michi. Das solltest schon wissen, als sein G'spusi!"

Sollte Conny gegen das Wort G'spusi, was ja so viel wie Gespielin oder Geliebte bedeutete, protestieren?

„Ja. Weiß ich", sagte sie mit dem schlechtem Gewissen, Berti aus dem Bett geholt zu haben. Sie wusste von der Angewohnheit vieler Älterer, kurz nach der Tagesschau ins Bett zu gehen, um noch vor den Hühnern aufzustehen. „Danke, Berti. Und Entschuldigung."

„Passt scho'."

Conny machte sich ihren speziellen Tee. Morgen würde Michael von ihr was zu hören bekommen!

Sein G'spusi so zu versetzen, das macht man einfach nicht!

AUSGEHORCHT

Total einfach war es, den Rollstuhlmann betrunken zu machen. Freibier zieht immer, dachte er, als er den Alten absichtlich, offiziell freilich nur versehentlich, aus dem Sitz hebelte. Er musste lange warten, bis dieser Josef endlich aus dem Haus kam. Er klingelte einfach mal an, gab sich als Mitarbeiter der Stadtwerke aus und bestellte ihn vors Haus. Man müsse das Wasser für ein paar Stunden abdrehen, und die Stadtwerke würden kostenlos Mineralwasser für die Bewohner der betroffenen Haushalte zur Verfügung stellen.

Josef Falterer horchte auf. Es gab etwas umsonst! Mit dem Lift fuhr Josef nach unten, rollte auf den Gehweg, und schon rumpelte er mit dem zusammen, der da zufällig angelaufen kam. Hilfsbereit und mit tausend Entschuldigungen half er Josef zurück in den Rollstuhl, fragte besorgt, ob ihm auch nur ja nichts fehle, und lud ihn zur Wiedergutmachung in die nächste Kneipe ein.

Josef konnte sich ein Grinsen nicht verkneifen. Freibier statt geschenktes Wasser hörte sich verdammt gut an.

Josef lallt jetzt schon ein wenig mehr als nach der zweiten Halbe. Aufs Klo solle sein Wohltäter ihn doch bitte schieben, und wenn es gehe, ihn auch noch auf die Schüssel setzen. Er tue das gerne, sagt er, schnappt sich nebenbei Josefs Hausschlüssel und macht sich, während Josef sich scheinbar endlos seiner Biere entledigt, unbeobachtet einen Abdruck davon in eine handtellergroße Plastilin-Masse.

Der trockengelegte Josef bekommt natürlich sofort wieder Durst. Er gluckst, schließlich müsse man beim Ölwechsel nach dem Ablassen auch wieder Stoff nachfüllen, und zwar randvoll.

Er hat also leichtes Spiel. Er lenkt das einseitige Gespräch auf die Gartenschau, die er besucht habe. Nur kurz stutzt Josef, als er das

Wort Gartenschau hört. Doch Josefs Zunge ist locker, auch wenn sie lallt. Durch einen Mischwald aus Wortbäumen und irgendeinem unverständlichen bairischen Dialekt hört er heraus, wie beschissen der Tag war, an dem Josef dort war. Von einem Arschloch plappert Josef, das ihn und seine Mitfahrer nass gemacht habe, dass man es ihm schon gezeigt habe, am Abend, als der ihnen noch einmal über den Weg lief. Wie oft Josef „Arschloch" sagt, zählt er nicht. Josef beleidigt den toten Olaf mit jedem Mal neu, wenn er das Wort ausspricht. Tausend Stiche ins Herz, tausend Schläge in die Magengrube – und trotzdem lässt er Josef reden. Gerade deswegen:

Jedenfalls sei das A ... völlig besoffen gewesen, schwafelt Josef. Sie hätten den Mann auf dem Mangfalldamm nochmal aufs verschüttete Weißbier angesprochen. Weil das A ... nicht reagiert habe, da seien sie halt narrisch geworden, wütend über das A ... Geschubst habe er ihn, und der andere auch, und die Frauen ebenso, solange, bis das A ... hingefallen sei.

Im Rausch kommt Josef das Wort Blut erst nach dem dritten Anlauf über die sabbernden Lippen. Aber er hat bereits genug gehört. Hätte es noch eines Beweises bedurft, jetzt besitzt er ihn endgültig.

30. Kalt

„Ich bin Kriminalhauptkommissar Raimund Obermeier“, wiederholte der Kommissar. Dann noch einmal. Nochmal. Er konnte nicht klar denken. In seinem Kopfkino purzelten die Szenen wild durcheinander wie Trailer für Actionfilme. Schnitt. Schnitt. Schnitt. Nur die laute Musik fehlte.

Plötzlich verschwanden die Klickbilder, als hätte jemand die Austaste auf der Fernbedienung gedrückt. „Ich bin Kriminalhauptkommissar Raimund Obermeier.“

Ob der Satz tatsächlich aus seinem Mund kam? Er hörte sich nicht. Angestrengt suchte er nach einem Anhaltspunkt in seiner Erinnerung. Was war das Letzte, das er in seinen Hirnzellen abgespeichert hatte?

Essen! Jemand hatte ihm etwas eingeflößt, etwas Salziges. Breiartig. Dann etwas Flüssiges. Warm. Geschmacklos.

Der Kommissar fragte sich, warum jemand das getan hatte und staunte über sich selbst: hatte er sich diese Frage jetzt wirklich gestellt? Kam sein Verstand zurück? Also, nochmal: warum will man einem sedierten Menschen Nahrung eingeben? Weil man ihn nicht umbringen will, weil er nicht verhungern soll, nicht verdursten. Nicht erfrieren. Weil er schon lange nichts mehr bekommen hat, was ihn am Leben hält?

Weil er schon *tagelang* in der Gewalt eines Verrückten ist?

War noch immer Sonntag? Raimund Obermeier rief an diesem Tag den Detektiv an, Warthens. Frage an Raimund: Von wo? Antwort von Raimund: Aus einem Auto! Koffer- oder Laderaum? Eher Laderaum. Der Wagen stoppte. Eine Tür schepperte. Es wurde kurz hell, dann wieder dunkel. Er fror. Jemand entriss ihm sein Handy. Jemand knurrte böse, das Scheiß-Zeug wirke nicht richtig. Von da an waren ihm buchstäblich die Hände gebunden. Irgendwann hatte das besagte Scheiß-Zeug dann doch gewirkt.

Die Kälte raubte ihm fast den Atem. Paradoxerweise hatten sich seine Hände und Füße vorhin kurz angefühlt, als würden sie brennen. Jetzt spürte er sie gar nicht mehr.

Wie lange war er weggetreten? Wo war er? Und: was, um Himmels willen, hatte man mit ihm vor?

31. Abgängig

Ihre hellseherischen Fähigkeiten seien vollkommener Quatsch, davor verwahrte sich Conny Linden ganz gewaltig. Es funktionierte. Meistens jedenfalls. Das allein hatte Bestand und Gewicht. Wobei Visionen weniger eine Rolle spielten. Feinfühligkeit im Gespräch mit Menschen, auf sie einzugehen, zuzuhören und hinzusehen, damit konnte Conny umgehen wie kaum jemand sonst. Vielleicht verarbeitete sie das Gesprochene und Gesehene anders als sogenannte Seherinnen, die ihren Kunden oft vollkommen an den Haaren herbeigezogene Ratschläge gaben, oder Banalitäten mitteilten, wie sie in jedem Zeitungshoroskop zu finden waren.

Connys Erfolg lag in ihrer Ehrlichkeit, ihre Klientel nicht anzulügen oder überzogen positive Zukunftsprognosen zu liefern. Vor allem sich selbst gegenüber ließ die Frau in Orange, mit ihrer gesprenkelten, hellen Haut und den wachen, trotz ihres Alters jugendlich leuchtenden Augen keine Lügen zu.

Auch wenn sie spürte, dass etwas nicht stimmte, verwarf sie niemals einen unangenehmen Gedanken. Sie ließ ihn zu und hinterfragte, woher er kam, und mit Michael stimmte im Moment ganz und gar etwas nicht!

Den ganzen Morgen über hatte sie versucht, ihn zu erreichen. Jetzt war auch noch seine Mailbox tot. Auch Berti hatte keine Ahnung, wo er sein konnte. Sie probierte, Michaels Abtauchen am Telefon kleinzureden.

„Mei, versumpft wird er halt sein. Hat einen alten Spezl troffen, und dann haben s' gesoffen."

Sie gluckste über den Reim, wurde aber gleich wieder ernst. Es war Mittwoch, elf Uhr und tatsächlich ungewöhnlich, dass Michael so lang und so gar nicht zu erreichen war.

„Jetzt warten wir einmal den Mittag ab“, schlug Berti vor, „weil, eigentlich kommt er immer erst am Donnerstag zum Mittagessen, aber manchmal auch schon – also eigentlich öfter. Wenn er um eins immer noch nix hören hat lassen, ja dann …“

Conny schnaufte: „… melde ich's der Polizei.“

„Meinst?“, zweifelte Berti.

„Ja. Üblicherweise warten die bei vermissten Erwachsenen erstmal 48 bis 72 Stunden ab. Aber in dem Fall … Der Kommissar Obermeier wird doch auch vermisst, und Mike ist mit ihm an den grausigen Mordfällen dran, die letzte Woche passiert sind.“

„Polizei? Genau das machst“, stimmte Berti zu. „Magst derweil zu mir kommen?“

Conny hatte nichts dagegen, setzte sich mit klopfendem Herzen in ihren rostfarbenen Ford und kämpfte sich durch den dichten Verkehr. Nur keinen Unfall bauen, sagte sie sich. „Nicht ausgerechnet jetzt“, flehte sie und wurde dadurch noch nervöser.

Sie sah in den Innenspiegel. Saßen da ihre Eltern im Wagen hinter ihr? Ein Trugbild! Natürlich. Der Wagen vor ihr bremste. Die Ampel schaltete auf Rot.

Du bist nicht allein

Ja, es ist vollbracht! Fast. Noch gibt es etwas zu tun für ihn, Thiemo. Niemand sollte glauben, er könne davonkommen. Und wenn dieser faule Drecksbulle mal dachte, er könnte sich aus dem Staub machen, womöglich sogar in Pension gehen und eine ruhige Kugel schieben, dann hat der alte Trottel die Rechnung ohne Olafs Sohn gemacht.

Wie sehr drang Thiemo 2010 darauf, bei den Todesumständen seines Vaters genauer hinzusehen. Ganz genau! Nichts ist passiert, das auch nur annähernd Thiemos Verdacht auf Mord und Totschlag erhärtete. Nichts! Und warum? Weil sie nichts unternahmen. Es war ja so einfach, einen Unfall anzunehmen. Fehlte nur noch, dass sie ihn ausgelacht hätten. Vielleicht taten sie das ja sogar, in ihren Büros und stinkenden Amtsstuben, rieben sich die Lachtränen aus den Augen über den jungen Kerl aus Sachsen, der glaubte, alles besser zu wissen.

Nein, Thiemo war noch nicht fertig. Vier Zeichen hat er gesetzt. Ein fünftes ist in Arbeit.

Aber wer, fragt sich Thiemo, ist dieser andere, den er mit dem Kommissar einmal am Brandort, dann bei dieser Nutte zusammen mit einer rothaarigen Tussi gesehen hat? Der ist doch kein Bulle! Gut, Thiemo wird es rauskriegen. Wozu ist er schließlich im Bürgeramt.

Thiemo weiß, nachdem der Typ ihn im Amt offenbar erkannt hat, der spioniert ihm nach. Aber was soll er davon halten? Der Anruf kurz darauf kam sicher von dem Kerl in der dicken Winterjacke. Was weiß der denn schon! Wenn der Thiemo erpressen will, muss er früher aufstehen. Außerdem hat sich das Blatt ganz gewaltig gewendet. Er ist nicht mehr allein.

Schön ist sie. Wunderschön, dachte er im ersten Moment, als sie ihn an jenem Tag mit ihren großen, interessierten Augen ansah. Ein Engel. Aber darauf kommt es ihm nicht an. Sie sprach ihn unverblümt an und kam gleich zur Sache. Sie war ehrlich und verriet ihm gleich, woher sie von ihm wusste, was er arbeitete und wo er wohnte. Zuerst erschrak er darüber, aber dann fand er ihren Plan einfach nur genial. Ohne sie hätte er die Sache anders durchgezogen, aber so war es viel besser gelaufen. Durch sie weiß er jetzt, wer der andere in der Winterjacke ist. So ein verdammtes Schwein! Sterben soll er!

Doch sie bringt ihn zur Vernunft. Der müsse so schnell wie möglich raus aus dem Gefrierraum, hinüber zu dem anderen, wo es nicht ganz so kalt ist. Sie wolle sich nicht zur Mörderin machen, sagt sie. Wenn sie die beiden Herren in ihrer warmen Kleidung im Kühlraum lassen, ihnen ab und zu was Heißes verabreichen, dann halten sie ein paar Tage durch. Tage, in denen sie beraten können, wie es weitergehen soll.

Er dagegen meint, allzu lange solle wenigstens der Detektiv nicht am Leben bleiben. Am liebsten würde er ihn jetzt sofort aus dem Weg räumen.

Immerhin ist sie klug, gebildet und raffiniert genug, mit ihrem Zögern auch das Sterben des Alten zu verlängern. Und das ist dann doch wieder in seinem Sinn.

32. Eine Anzeige

Berti brühte Kaffee durch den Filter. Der Duft breitete sich in der kleinen Wohnküche rasch aus. Hunger hatte weder sie noch Conny, die ein wenig geschlaucht war von der Autofahrt zum Margarethen-Hof.

„Mei, Conny, hat er immer noch nix von sich hören lassen?"

Berti schenkte ihr eine Tasse ein und schob das Milchkännchen und die Zuckerdose in ihre Reichweite.

Conny schüttelte still den Kopf.

Mit ernster Miene setzte sich Berti zu ihr an den Tisch und wischte, wie sie es oft tat, wenn sie überlegte, ein paar eingebildete Brösel von der Tischdecke.

„Magst ihn recht gern, ha?"

„Wenn du meinst, wir wären ein Paar, dann liegst du aber falsch", wehrte Conny Bertis neugierigen Vorstoß ab. „Wir sind nur Freunde. Gute, aber eben nur."

Mit verstohlenem Blick suchte Berti etwas in ihrer leeren Tasse, nahm einen sauberen Lappen und putzte den Tassenboden.

„Das passt schon", sagte sie schließlich im Ton, als glaube sie Connys Beteuerung sowieso nicht. „Ist ja auch wurscht. Ihr seid ja alt genug."

Bei einer anderen Gelegenheit hätte Conny laut losgeprustet. Sie selbst konnte längst Oma sein, und Michael ächzte auch schon manchmal beim Treppensteigen. Beim Gedanken an ihn fuhr ihr wieder dieses flaue Gefühl in den Magen, wie ein Schlag: er ist in Gefahr!

„Also, Berti, ich warte jetzt nicht mehr länger! Ich fahre zur Polizei. Kommst du mit?"

„Freilich."

Auf dem Riesenparkplatz, der Loretowiese, fand sich kaum noch eine Lücke. Im Vorbeifahren war Conny, als hätte sie Mikes Smart gesehen, aber die Parkplatzsucherei nahm sie voll in Anspruch. Schließlich tat sich doch noch ein freier Platz auf.

Plakate warben für Faschingsbälle, Kinderfasching und einen Rosenmontagsball in der nahen Festhalle, der Inntalhalle.

Diese Tage in der letzten Faschingswoche hatte Conny als Mädchen und junge Frau geliebt. Sie hatte sich verkleidet und war auf fast jeden Ball gegangen. Jetzt interessierte sie das Maskieren schon lange nicht mehr. Vielleicht musste sie so alt werden wie Berti, um daran wieder Geschmack zu finden. Michaels Tante hatte ihr verraten, ihre lila Haare würden zu einem Kostüm als Außerirdische gehören. Der Ball am Samstag im Margarethen-Hof sei immer recht lustig.

Jetzt redeten sie nicht viel auf dem Weg zum nahen Präsidium. Sie hatten andere Sorgen.

Der Beamte an der Pforte nahm Bertis und Connys Anliegen auf und verwies sie auf den Warteraum. Zehn Minuten später holte sie eine Beamtin ab und führte sie durch die Flure.

Kommissarin Kilian hastete mit flotten Schritten die letzten Stufen einer Treppe herab. Die Beamtin hielt sie auf.

„Frau Kommissarin, diese zwei Damen möchten einen Herrn Warthens als vermisst melden."

„Im Moment bin ich nicht für vermisste Zivilpersonen zuständig", schnaubte die hochgewachsene Frau im taubengrauen Hosenanzug. „Aber, wie bitte?" Sie wandte sich direkt an Berti und Conny. „Wen, sagen Sie, wollen Sie vermisst melden?"

Conny machte einen Schritt auf die fast einen Kopf größere Kommissarin zu.

„Michael Warthens, den Privatdetektiv. Von Hauptkommissar Obermeier dürfte er Ihnen vielleicht bekannt sein."

Frau Kilian warf einen Blick auf die Deckenleuchten des Flurs.

„Oh ja. Übrigens, Kilian ist mein Name. Ich bin Kommissarin. Kommen Sie bitte mit."

Ohne abzuwarten machte sie kehrt und trabte über die Treppe zurück nach oben. Nach den ersten paar Stufen merkte sie, dass die ältere der beiden Frauen Probleme mit dem Treppensteigen hatte und bremste sich ein.

In ihrem kargen Büro entschuldigte sie sich dafür, dass nur ein Besuchersessel zur Verfügung stand. Conny überließ ihn Berti.

„Ich stehe sowieso lieber."

Mit gezielten Fragen nach den Umständen von Michaels Verschwinden nahm die Kommissarin Connys Vermisstenanzeige auf. Das Computerformular für die Daten war schnell ausgefüllt.

„Wissen Sie, Frau Linden – und Frau Warthens – eigentlich hätte ich sie beruhigt und zum Abwarten geraten. Nur, gewisse Umstände lassen schon darauf schließen, dass Sie sich zurecht Sorgen machen. Deswegen nehme ich die Sache auch ernst."

„Gewisse Umstände!", äffte Berti sie so barsch nach, dass Conny sie verblüfft von der Seite ansah. „Glauben S' denn, dass wir diese Umstände nicht kennen? Mein Michi ist seit Tagen mit dem Obermeier und den Verbrechen invol…, insoll…"

„Involviert", half ihr die Kommissarin trocken.

„Genau. Wir wissen schon, dass der Herr Obermeier verschwunden ist, und jetzt der Michi."

Berti schluchzte kurz auf, bekam sich aber gleich wieder in den Griff.

Conny sah die Kommissarin fragend an.

„Und?"

„Sie vermuten schon richtig", gab Kilian zu, „darum sind Sie ja hier. Also, wenn Herr Warthens ebenfalls, was Sie befürchten, wie der Kollege Obermeier entführt wurde, dann weiß er etwas, das für den Täter oder die Täterin gefährlich ist. Hat er denn mit Ihnen über die Fälle geredet?"

„Freilich", sagte Berti.

Conny nickte.

„Hat er irgendwann erwähnt, dass er jemanden in Verdacht hat?" Kommissarin Kilian beugte sich über den Schreibtisch und faltete ihre Hände. Lange, knochige Finger mit hellrot lackierten Nägeln krallten sich ineinander. „Wissen Sie, die Presse steigt uns gewaltig aufs Dach wegen der spektakulären Mordserie. Wenn Sie die Zeitungen lesen und fernsehen, wissen Sie, wovon ich rede. Die Entführung des Kollegen Obermeier noch nicht mitgerechnet. Darüber spekulieren diverse Journalisten nur. Bald werden wir eine Pressekonferenz anberaumen, und da wäre es hilfreich ...“

„Die ist mir wurscht!“, knallte Berti heftig dazwischen. „Mein Michi könnt’ tot sein, wenn Sie nicht bald zum Suchen anfangen! Pressekonferenz! So ein Schmarrn, damit finden S’ die zwei Männer auch nicht!“

Conny schaute respektvoll auf Bertis fuchtelnde Hände.

„Eben“, sprang sie Michaels Tante zur Seite, „denn wenn Mikes Verschwinden tatsächlich mit dem vom Hauptkommissar zusammenhängt, dann kann es doch der selbe Täter sein. Und dann hat er sie vielleicht beide an den gleichen Ort gebracht!“

„Daran habe ich natürlich auch schon gedacht, als Sie um die Anzeige baten“, tat die Kommissarin milde lächelnd. „Aber nun zurück zu meiner Frage: was hat Herr Warthens Ihnen über die Fälle erzählt?“

33. Nebenräume

Irgendwo rollte ein Tor auf. Durch seine geschlossenen Lider fiel ein schwacher Lichtschein. Kamen sie, um ihn zu holen? Woher nahm Michael plötzlich diese Hoffnung, wo er doch eigentlich tot sein sollte? Hatte er nicht gefühlt, er würde sterben? Anscheinend doch nicht. So einfach machte er es dem oder denen nicht, die ihn hierher gebracht hatten.

Aber spüren konnte er immer noch nichts. Ein Stechen, Ziehen, Brennen oder Jucken? Nichts. Er ertappte sich bei dem Gedanken, dass ihm ein richtiger Schmerz an irgendeiner Körperstelle lieber gewesen wäre, als so gar nichts zu fühlen. Ja, Schmerz wäre ein kräftiges Lebenszeichen gewesen. Doch: taub. Kalt. „Mist", sagte er innerlich. Oder hatte er das Wort laut ausgestoßen?

Michael bekam seine Augen einfach nicht auf. Dabei wäre es so wichtig gewesen, etwas zu sehen, gerade jetzt, wo sich jemand näherte. Sein Gehör funktionierte halbwegs, obwohl es Aussetzer hatte. Lautes Rollen eines Garagentors, Rasseln, Scheppern. Wörter.

Die Worte kamen näher.

Warum schnüffelt er mir nach?

Scheiß-Privatdetektiv.

Jetzt nicht mehr, hehe.

Soll er sterben?

Wie die andere Drecksau?

Obermeier ist doch nicht tot, oder?

Noch nicht.

Und was machen wir jetzt mit ihm?

Er muss hier raus. Rüber in den Kühlraum zu dem anderen. In den Nebenraum kommt keiner außer mir. Nur ich hab momentan den Schlüssel, und der Chef friert sich bestimmt nicht den Arsch ab, um dort nach dem Rechten zu sehen.

Und deine Kollegen?

Sag ich doch, außer mir …

Plötzlich waren die Stimmen ganz nah.

Mist, isch glaub, der is' uns obgenippelt.

War das sächsisch? Michael wusste, wer das war. Aber der andere? Hier drinnen war aber auch eine lausige Akustik!

Quatsch! Gib ihm halt was Warmes, wie dem anderen. Der ist älter und hält schon länger durch.

Geht klar. Danke übrigens, für den Tipp. Ohne seine Autonummer und die Marke hätt' ich den nie so schnell gefunden.

Man tut, was man kann.

Kann ich noch was von dem Zeug haben? Falls sie doch aufwachen!

Mann, das ist hochwirksam! Ich hab dir schon mal gesagt, injiziert wirkt es schnell und lang, besonders beim Hauptkommissar, dem versoffenen Armleuchter. Alkohol verstärkt die Wirkung erheblich, hehe. Und schmecken tun die bestimmt das ganze Jahr nix mehr.

Wenn wir sie leben lassen, dann ja.

Zwei Menschen lachten boshaft. Es hallte ein wenig nach. Michael bemerkte, wie ihm jemand etwas Breiartiges einflößte. Warmes? Er schmeckte wieder Kirschen im Hals. Kirschen, als wäre deren Aroma das einzige, was er noch verspürte. Aber wenigstens nahm er etwas wahr. Ob es richtig oder falsch war: so war er noch am Leben.

Als schwebte er, wurde er durch die Luft getragen. Wieder rollte ein Tor auf. Man legte ihn auf den Boden, zog an ihm, lehnte ihn an eine Wand. Alles war fast wie vorhin. Nur nicht ganz so schrecklich kalt. Er jubelte innerlich: … nicht ganz so schrecklich kalt! Ja, er lebte.

34. VERSCHWIEGEN

„Na schön“, resignierte Kommissarin Kilian, „Sie wissen nichts, oder wollen es mir nicht sagen.“

Da Berti zu einem erneuten Protest ausholte, fasste Conny sie beruhigend am Arm und ergriff das Wort: „Wir würden Ihnen alles sagen, hören Sie: alles! Wenn es Mike und auch dem Hauptkommissar helfen würde. Ich weiß von ihm nur, ein gewisser T. Z. soll angeblich 2010 eine Aussage gemacht haben, dass Herr Zalus damals nicht durch einen Unfall ums Leben kam. Michael glaubt, die Initialen seien einem gewissen Thiemo Zalus zuzuordnen. Ein Mann mit diesem Namen arbeitet im Einwohneramt.“

„Und woher kennt Ihr Mike“ — die Kommissarin zeichnete für *Mike* Häkchen in die Luft — „die Initialen?“

„Von Ihrem Kommissar Jonas, der den Fall bearbeitet.“

Kommissarin Kilians haselnussbraune Haut wechselte in eine Farbe, die an eine nasse Kokosnussschale erinnerte.

„Jonas“, stieß sie aus, „kann doch nicht … Warten Sie einen Moment!“

Sie sprang so heftig auf, dass der Bürosessel hinter ihr gefährlich weit vom Tisch wegrollte. Sie lupfte ihr Handy vom Tisch und verschwand damit in den Flur.

„Was hat s' denn?“, tat Berti erstaunt.

„Ist mir egal“, fauchte Conny. „Allmählich reicht's mir! Die sollen endlich anfangen, nach Mike zu fahnden. Die Fälle aufklären können Sie immer noch, und weißt du was, Berti: am besten *mit* Mike. Der Obermeier ist doch einer von ihnen!“

In diesem Moment kam Frau Kilian zurück. Noch immer hielt sie ihr Handy ans Ohr, doch jetzt legte sie hastig auf.

„Thiemo Zalus ist uns bekannt, sagt Kommissar Jonas. Er wurde schon längst überprüft. Laut Kommissar Jonas ist er sauber. Hat angeblich nichts mit dem Zalus von damals zu tun.“

„Was?“ Conny konnte es kaum glauben.

Kommissarin Kilian rieb sich die Stirn. Ihr Pony wirkte zerzaust.

„Also, wir leiten die Fahndung nach Herrn Warthens ein. Mehr kann ich derzeit nicht für Sie tun, meine Damen. Sie hören von uns, wenn sich etwas ergibt.“

Berti schnappte nach Luft.

Conny lächelte gequält, nahm Berti am Arm und zerrte sie unsanft vom Besuchersessel.

„Vielen Dank. Wir halten uns zur Verfügung.“

Sie knallte die Tür von außen zu.

Die Kommissarin zuckte nur kurz zusammen, klickte dann eine Tastatur an ihr Tablet und tippte etwas ein. Sie beantragte eine Handy-Ortung für Michaels Smartphone.

Draußen vor der Tür raste Connys Herz. Was stimmte da nicht? Thiemo Zalus und der andere Zalus hätten nichts miteinander zu tun? Mochte ja der Fall sein. Aber erst nachdem er Thiemo Zalus observiert hatte, verschwand Michael.

Berti schimpfte über das geringe Entgegenkommen der Kommissarin. Sie waren bereits auf dem Weg zurück zu Connys Auto. Manche Passanten belächelten das laute Keifen der Alten mit den lila Locken.

Conny dachte nach. Was hatte Mike zuletzt am Telefon zu ihr gesagt?

35. Hoffnung

Die Stimmen kamen von gegenüber. Raimund Obermeier dachte, er sei wach und lächelte zufrieden. Licht aus der Ferne fiel fast gleichzeitig mit dem Geräusch eines auffahrenden Garagentors über ein paar Regale. Er konnte sehen. Nicht viel, aber immerhin. Andere Schatten bewegten sich gefühlt einen Kilometer von ihm entfernt. Zwei Menschen, die sich über etwas am Boden beugten und redeten, als sei dieses Etwas ebenso ein Mensch.

Vielleicht kam die Rettung endlich. Hatten sie ihn gefunden? Ja, auf die meisten seiner Leute war Verlass! Nur Jonas? Der war zwar ehrgeizig, aber oft schlampig und dem guten Leben mehr zugeneigt als seiner Arbeit. Trotzdem wird er wahrscheinlich seinen Platz einnehmen, wenn Raimund geht. Ja, Obermeier wird ihn räumen, seinen Posten als Leiter der Mordkommission. Jetzt ja. Nach all dem hier sowieso. Wenn Raimund überlebt.

Er wusste, er hatte Jonas manchmal ganz schön zugesetzt, als der noch im Mittleren Polizeivollzugsdienst war. Aber er hatte es immerhin bis zum Kommissar gebracht. Er, Obermeier, hatte ihn dennoch spüren lassen, wie viel er noch lernen musste, wie hart man gegen sich selbst sein musste, um den Kampf gegen die Bösewichte dieser Welt zu gewinnen. Immer wieder.

Raimund erinnerte sich, wie blöd Jonas geschaut hatte, nachdem er ihm eröffnet hatte, er würde nun doch nicht früher in Pension gehen. Ja, die Option hatte er sich offen gelassen, nachdem es in Rosenheim offensichtlich zu immer mehr Gewalttaten kam. Ein Serienmörder gar trieb sein Unwesen. Sollte ein Hauptkommissar Obermeier da nicht weiterhin die ganze Wucht seiner Erfahrung einbringen?

Was sollte er zuhause, allein. Krimis schauen?

Jetzt aber war wieder alles anders. Sein Körper machte seltsame Bewegungen, die nicht wirklich waren. Man hatte ihm etwas gespritzt. Das Zeug wirkte bestens und schnell. Er wusste genau, dass er einen zu hohen Alkoholkonsum betrieb. Hatte sich so ergeben, entschuldigte er seine Silvaner-Abhängigkeit vor sich selbst. Das alles hatte seinen Preis – ja, nach dem hier würde er kapitulieren müssen. Von selbst den Dienst quittieren, damit man es ihm nicht anraten musste, zu gehen.

Jonas wusste das noch nicht. Über den Gehaltssprung nach oben wird er sich bestimmt freuen, bei seinem Lebensstil, dachte Raimund Obermeier. Und: Verdammt nochmal, wo bleiben die denn so lang?

Die Schatten zwischen den Regalreihen verschwammen in einem diffusen Licht, das von der Seite auf sie fiel. Neonlicht. Kein Tageslicht. Direkt hier drinnen hatte nur einmal kurz Licht gebrannt, nachdem ein Wassertropfen in eine Pfütze gefallen war. Aber jemand hatte es schnell wieder ausgeschaltet.

Egal, jetzt kamen sie ja, ihn hier rauszuholen. Entzückt registrierte er, wie klar er wieder denken konnte.

Die Schatten bewegten sich auf ihn zu. Jonas? Vielleicht die Kilian?

„Hallo“, sagte er schwach.

Er hörte ein Atmen neben seinem linken Ohr.

Der Stich der Injektionsnadel war schmerzlos.

36. Durchstarten

Conny überlegte, ob sie Fox' Futternapf aufgefüllt hatte, bevor sie zu Berti und dann mit ihr ins Präsidium gefahren war. Sie wischte den Gedanken fort. Der Kater war eh viel zu fett.

„Wir fahren ins Gewerbegebiet Süd", klärte sie Berti auf, die auf dem Beifahrersitz saß und gefragt hatte, was sie nun tun würden. „Mike wollte dorthin, um sich eine Lagerhalle anzusehen. Irgendeinen Auftrag hat er dort in Aussicht."

Berti brummte nachdenklich.

„Hm. Und du meinst, er wäre immer noch da?"

„Vielleicht steht ja sein Auto irgendwo auf dem Gelände."

„Warum hast du das der Kommissarin ned g'sagt?"

Conny antwortete mit einem langgezogenen „Jaah, ich weiß. Es ist mir erst vorhin eingefallen. Wenn wir den Smart finden, rufe ich die Kilian an. Das ist ja wohl klar!"

Sie versuchte, sich auf den Verkehr zu konzentrieren, aber immer wieder geisterten die Zweifel durch ihren Kopf. Hatte sie Michaels Smart etwa eine Stunde zuvor nicht doch auf der Loretowiese gesehen? Ärger mischte sich in Connys Sorge um Michael. Musste sich ausgerechnet ihre blöde Fahrangst wieder melden, jetzt, wo es darauf ankam! Das Gedränge auf der zweispurigen Rathausstraße auf Höhe der *Städtischen Galerie* ließ ihre Hände feucht werden. Schnellere Fahrer überholten sie und kamen ihrem Wagen dabei gefährlich nahe.

An der Einmündung der Briançonstraße tauchte links die hölzerne Arche auf, das Tagescafé im Mangfallpark-Süd, auf der rechten Seite das Eisstadion. Ab hier ging es auf der zweispurigen Innsbrucker Straße weiter stadtauswärts. Vor ihnen lag die Mangfallbrücke. Wegen der Schule war hier Tempo Dreißig vorgeschrieben. Ein Monster von Lastwagen zog plötzlich links vorbei. Wie aus dem

Nichts baute sich eine bedrohliche Wand aus Metall und Plastikplanen neben dem Fiesta auf. Die Fahrbahn auf der Brücke wurde eng und enger. Der mächtige Schatten schien den kleinen Wagen zu erdrücken. Conny hielt die Luft an. Das rechte Vorderrad ihres Wagens touchierte den Randstein. Sie krallte sich ans Lenkrad. Plötzlich war die linke Seite wieder frei. Sie atmete durch.

Berti kauerte mucksmäuschenstill in ihrem Sitz.

„Das war schön knapp, gell", sagte sie, wohl auch, um ihre eigene Anspannung zu entschärfen.

Conny nickte. Ihr war schrecklich heiß geworden. An der nächsten roten Ampel drehte sie die Heizung herunter und kurbelte das Seitenfenster auf. Die mit Dieseldunst geschwängerte Luft war wenigstens kühl. War sie früher nicht immer gerne schneller als erlaubt gefahren? Hatte sie vor dem Unfall ihrer Eltern trotz schlechtem Gewissen nicht dauernd viel zu viel Benzin durch den Auspuff gejagt? Sie konnte sich jetzt keinen Schnitzer erlauben.

Bei Grün gab sie entschlossen mehr Gas als nötig.

Erschreckt griff Berti ans Armaturenbrett. Aber nur diesen einen Moment ließ sie sich aus der Fassung bringen.

„Ja mei, es pressiert halt", kommentierte sie gelassen Connys Rallyestart.

37. Die Kommissarin

Kommissarin Kilian kramte ein Stück Traubenzucker aus der Schreibtischschublade, schob es sich in den Mund und atmete tief durch. Wie die Jungfrau zum Kind war sie an den Fall – nein: *die Fälle* geraten. Sie war neu in Rosenheim, sogar sehr neu. Vor zwei Wochen hatte sie ihren Dienst angetreten, war freundlich, höflich und doch distanziert empfangen worden. Zuvor hatte sie in Leipzig ermittelt. Drogenfahndung. Dann München, ebenfalls Drogen. Und nun: Rosenheim. Provinz, hatte sie gestöhnt.

Schon nach zwei Tagen hatte sie erkannt, dass es keine Provinzen mehr gab, schon gar nicht in der Verbrechenslandschaft. Gleich am ersten Tag hatte sie alle Hände voll zu tun bekommen in ihrem Ressort. Rosenheim war Verkehrsknotenpunkt, das Tor zum Süden. Die Nähe zu München machte kaum einen Unterschied zu einer Großstadt, auch und gerade was Drogenhandel betraf. Und dann tauchte dieser Hauptkommissar der Mordkommission während der Ermittlungen zu vier Morden unter, entführt womöglich, und sein Stellvertreter schwächelte nicht nur einer angeblichen Grippe wegen. Jonas schien an einer Aufklärungs-Phobie zu leiden, so lasch, wie der arbeitete.

Von oben lastete Druck auf der Mordkommission wie Betonplatten. Auch die Presse nahm ihren Namen wörtlich: sie übte angesichts der aufsehenerregenden Morde Hochdruck auf die Polizei aus. Sie gierte nach Informationen.

Clarissa Kilian spielte mit dem Gedanken, dem Rosenheimer Polizeidirektor eine SOKO vorzuschlagen. Aber wahrscheinlich dachte der sowieso an die Einrichtung einer Sonderkommission. Schließlich hatte er alle Kräfte zusammengezogen und sogar sie, die Drogentussi, in die Ermittlungen eingebunden.

Kurz hatte sie deswegen überlegt, ob sie nicht ihren Dienst quittieren sollte. Mord war nicht ihr Ding. Sie kannte sich mit Dealern aus, mit Schmugglern, sogar mit den großen Nummern, die mit Drogen europaweit agierten. Waren die nicht auch Mörder? Sie brachten ihre Kunden nur langsamer um und ließen sich von ihren Opfern noch dazu bezahlen. Trotzdem stellte sie sich nur ungern auf die aktuellen Fälle ein. Sie las die Akten durch, die Vernehmungsprotokolle, bekam einen Einblick in die Liste der Verdächtigen, und die war verdammt kurz. Als wollten die Kollegen gar keine Aufklärung der vier Morde, die kurz hintereinander Rosenheim erschüttert hatten.

Vielleicht hätte sie die Stelle der Leichtathletik-Trainerin in Leipzig doch annehmen sollen? Nach ihrer deutschen Vizemeisterschaft mit der 4-mal-100-Meter-Staffel und ihrer Teilnahme an zwei Europameisterschaften hatte sie neben der beruflichen Karriere bei der Polizei auch den A-Trainerschein in der Tasche. Der Leichtathletikverband Sachsen hätte sie mit Handkuss genommen. „Was soll's", schnaubte sie, und klickte die nächste Seite der Vernehmungsprotokolle an.

Kommissar Jonas hatte die letzten Befragungen mit einem gewissen Thiemo Zalus geführt.

Zalus? War das nicht …?

Sie las den Bericht. Sie las ihn noch einmal. Sie suchte, und plötzlich tauchte eine Ahnung in ihrem Kopf auf. Als Drogenkommissarin war sie Misstrauen gewohnt, jene ausgesprochen argwöhnischen Gedanken, die ihr entgegengebracht wurden und besonders ihre eigenen gegen Verdächtige.

In diesen Protokollen kam keine einzige bohrende Frage vor. Die routinemäßigen Fragen nach den Aufenthaltsorten der Befragten während der Tatzeiten waren zwar gestellt, doch in keinem einzigen Fall überprüft worden! Oder hatte sie das überlesen?

Jede Art von Ermittlung musste dokumentiert werden. Kilian sagte halblaut zu sich selbst und mit finsterer Miene: „Entweder, hier wurde gefährlich schlampig ermittelt, oder …"

Sie musste unbedingt diesen Privatdetektiv finden! Der Warthens wusste mehr als die Polizei. Das konnte und durfte ja wohl nicht wahr sein! Aber er war der einzige, der eine plausible Erklärung für einen Serienmörder hatte. Und für das Verschwinden des Hauptkommissars.

Sie ordnete die öffentliche Fahndung nach Michael Warthens an, gleichermaßen die nach KHK Obermeier. Radio- und Fernsehsender wurden informiert, Online-Zeitungen bekamen Beschreibungen und ein Foto von Obermeier. Von Michael Warthens besaß sie keines. Sie versuchte, die von Conny Linden angegebene Nummer telefonisch zu erreichen. Zwecklos.

Kurz darauf erhielt sie die Nachricht, dass die Kollegen den Smart von Warthens ausfindig gemacht hatten: in der Nähe des Präsidiums, auf dem größten Parkplatz unter freiem Himmel in Rosenheim, der Loretowiese. Die Türen waren nicht verriegelt, denn die Fahrertür des über zehn Jahre alten Kleinwagens stand kaum erkennbar einen Spalt breit offen.

Doch von dem wichtigen Zeugen fehlte jede Spur.

38. Vollgas

Conny kreiste um die einzige Halle im Gewerbegebiet, die als Lager für Tiefkühlware diente. An der Stirnseite des rechteckigen Baus standen ein paar Lieferfahrzeuge der *Kühltruhe*, einem neuen Anbieter für preisgünstige TK-Waren.

Michael hatte davon gesprochen, dass er sich die Halle wegen eines Auftrags ansehen würde. Das waren seine letzten Worte gewesen, bevor sie sich schließlich zu sorgen begann. Aber seinen Smart konnten weder sie noch Berti entdecken.

„Meinst wirklich, Michi könnte da gewesen sein?", hakte Berti zweifelnd nach. „Wenn, dann ist er doch längst wieder weg. So lang ..."

Conny unterbrach sie.

„Mike ist hier gewesen! Das spür ich."

„G'wesen ist g'schissen!", schimpfte Berti wenig stilvoll, aber ehrlich überzeugt. „Dann hilft uns das auch nicht weiter, auch wenn du", sie räusperte sich, „was spürst."

„Psst!", machte Conny, bremste den ohnehin langsam rollenden Fiesta auf null und stellte den Motor ab.

An einem der Eingänge am Ende der westlichen Hallenlängsseite rollte ein Garagentor nach oben. Die grauen Lamellen verschwanden nach und nach im Spalt an der Oberkante.

Conny blieb der Mund offen stehen. Zwei Männer traten ins Freie. Sie diskutierten. Stritten? Einer kam ihr bekannt vor, aber sie konnte ihn nicht genau erkennen. Den anderen, offenbar ein sehr junger Kerl, trotzdem im schwarzen Anzug und mit einer dazu unpassenden grauen Baseballkappe, hatte sie noch nie gesehen. Er schaute kurz zu ihnen herüber, dann in die andere Richtung, als wollte er testen, ob die Luft rein sei. Kaum dreißig Meter trennten die beiden von Connys Standort.

Das Rolltor schloss sich wieder langsam.

Conny duckte sich. Berti musste das nicht tun. Sie war so klein, dass man von außen und vorne wohl nur ihre lila Haare wahrnehmen konnte. Conny hoffte, man hielt sie für das gefärbte Fell eines im Auto eingeschlossenen Pudels. Doch Berti reckte ihren Hals, um die beiden genauer sehen zu können.

Auch egal, dachte Conny.

„Jessas, Maria und Josef!", stieß Berti aus. „Was macht der denn da!"

„Wer, Berti? Wer!"

„Na, der vom Einwohnermeldeamt – der Dings!"

„Zalus?"

„Schon, ja."

„Duck dich, Berti! Bitte!"

Berti richtete sich dagegen weiter auf.

„Die sind ja schon weg. Da, im Auto."

Einer der Lieferwägen kurvte an ihnen vorbei hinaus zur Straße. Ob sie bemerkt hatten, beobachtet zu werden? Selbst wenn: der Zalus konnte sich bestimmt nicht an die Ausweisausstellung für Berti Warthens erinnern. Außerdem hatte sie damals noch ihre gewöhnliche weiße Haarfarbe, keine lila Faschingslocken.

Hatte der andere sie gesehen? Na und? Da parkte doch nur ein betagtes Auto mit zwei Frauen darin.

Conny trommelte mit den Fingern aufs Lenkrad. Ihr Kopf lief heiß. Was hatte das zu bedeuten? Wusste sie es nicht längst? Zalus war hier, obwohl er seinem Beruf als städtischer Mitarbeiter nachgehen sollte. Tagsüber zumindest. Und Michael war kurz nach dessen Observierung verschwunden. Was sollte da noch unklar sein? Ihr Bauch, ihr Kopf und all ihre Sinne schrien, Mike ist hier! Hier im Kühlhaus! Kälte, Lebensgefahr!

„Meinst, der Michi ist da drin, gell?"

Conny hatte nicht bemerkt, wie Berti sie von der Seite fixiert hatte. Die alte Dame war blass geworden.

„Und du?", fragte Conny sie, „was meinst du?"

„Manchmal muss man einfach glauben, dass das G'fühl in dir richtig ist. Und meins sagt: ja."

Conny presste ihre Lippen aufeinander und nickte. Sie stieg aus. Langsam näherte sie sich dem Seitentor. Sie drückte dagegen. Die Lamellen fühlten sich stabil an. Rechts des Tors war ein Schloss in die Wand eingelassen, offenbar ein elektronisches für programmierte Schlüssel. Sie wusste, wenn innen ein Notschalter angebracht gewesen wäre, was bei einem elektrisch angetriebenen Hallentor sicher der Fall war, hätte es Michael mit einem Tastendruck spielend leicht öffnen können. Was, wenn Michael die Taste nicht erreichen konnte? Sie wollte sich nicht ausmalen, warum er dazu nicht fähig war.

Mit den Fäusten trommelte sie gegen das Tor, schrie „Mike!". Hatte sie eine Reaktion erwartet? Wie sinnlos war das denn, sich beim Schlagen gegen die harten Lamellen die Hände zu prellen. Hatte sie Berti nicht versprochen, die Kilian anzurufen, wenn sie Mikes Smart entdeckten? Seinen Wagen hatten sie nicht gefunden, aber ihn! Hatte sie die Zeit, auf die Polizei zu warten? Nein!

Zu allem entschlossen lief sie zurück zum Wagen. Wenn Mike da drin war, dann sicher nicht direkt hinter dem Tor.

„Berti", sagte sie mit striktem Befehlston und öffnete die Beifahrertür, „steig aus!"

„*Bitte* tät auch nicht schaden", schnaubte Berti. Sie ächzte schwer, bis sie ihre Füße auf den Asphalt gestellt bekam.

„Was hast jetzt vor?"

„Wart 's ab."

Conny stieg auf der Fahrerseite ein, startete den Fiesta und fuhr bis etwa zehn Meter vor das Tor. Bei laufendem Motor stieg sie aus und ließ die Autotür offen stehen.

„Was machst denn?", keuchte Berti aufgeregt.

Irgendwie dämmerte Michaels alter Tante etwas.

Conny riss die Heckklappe auf. Hatte sie sich doch richtig erinnert! Der Wagenheber war sauschwer.

Sie legte ihn auf die Fußmatte vor den Fahrersitz und überzeugte sich, dass die Handbremse nicht angezogen war. Jetzt drückte sie den Wagenheber aufs Gaspedal.

Sofort heulte der Motor auf. Conny trat die Kupplung durch und legte den zweiten Gang ein. Das alte Ding von Auto war auch früher schon im Zweiten immer gut abgedonnert, wenn sie nur richtig Zunder gegeben hatte. Dann würde der Wagen sofort genug Geschwindigkeit haben, um seine Aufgabe zu erfüllen.

Der Motor jaulte, als würde er jeden Moment explodieren. Langsam ließ sie die Kupplung kommen. Es funktionierte! Jetzt! Sie ließ die Kupplung los und warf sich gleichzeitig aus dem Wagen. Der machte einen gewaltigen Satz nach vorne.

Conny spürte das Brennen an ihren Ellbogen, an ihren Knien und den kantigen Schlag, der ihren Kopf zu einer Art Wackelpudding machte.

Irgendwo krachte es, als ginge die Welt unter.

39. Drinnen

Michael bekam das Herablassen des Rolltors mit, als säße er in einer gigantischen Seifenblase. Das dumpfe Grollen des sich schließenden Tors klang wie ferner Donner.

Sein Körper war völlig taub geworden. Pelzig. Ob vor Kälte oder dem Zeugs, das sie ihm verabreicht hatten?

Ließ man ihn langsam verrecken? Warum?

Er versuchte, seine Sinne zusammenzutrommeln – he, versammelt euch da oben im Hirnkasten und haltet eine Konferenz ab. Stellt euch Fragen und beantwortet sie. Ihr seid ich, und ich bin Detektiv, kläre auf und bekämpfe das Verbrechen, na ja, Kaufhausdiebe wenigstens.

Aber nein, er hatte schon ganz andere Kaliber gestellt. Mörder. Und nun? Wieder hatte er den richtigen Riecher gehabt bei Thiemo Zalus. Er steckte hinter den vier Morden, da war Michael sich so sicher wie nächsten Dienstag der Fasching zu Ende ging – wenn nicht vorher die Welt unterging!

In der Ferne heulte ein Motor auf. Ein Auto! Hier drin? Unbeschreiblicher Lärm drang an seine Ohren. Scheppern, Krachen, Blitz und Donner. Die Welt zerbarst in tausend Stücke.

40. Draußen

Der Schmerz raste in Connys Kopf wie ein Schwert, das ihr Gehirn kleinhackte. Sie öffnete ihre Augen und sah in die weit aufgerissenen einer alten Frau.

„Conny!“, schrie die Frau sie an, „Conny! Sag was!“

Berti! Einen Augenblick lang starrte Conny an ihr vorbei in Richtung Halle. Das rostrote Heck ihres Wagens ragte aus den verbogenen Lamellen des Tors. Aus dem Auspuff drang dichter, schwarzer Rauch.

„Nicht …“, stammelte sie.

Wenn der Wagen explodierte, dann war alles aus. Michael war dort drin. Doch sie wusste auch, dass ein Auto nicht so schnell zu brennen anfing und gleich in die Luft flog, wie das in Filmen oft reißerisch gezeigt wurde.

Sie richtete sich auf. Warmes Blut rann ihr ins Gesicht. Ihre Arme brannten. Ihre Knie fühlten sich an, als steckten Nadeln darin, die sich bei jeder Bewegung tiefer ins Fleisch bohrten.

„Bleib hier“, befahl sie Berti. „Ich geh jetzt da rein.“

Berti half ihr mit zittrigen Händen auf. Die Luft roch nach verbranntem Gummi, und sie hustete bei der Anstrengung.

„Geht’s?“

Conny nickte. Ihr Gehirn schien bei jeder Bewegung an den Innenwänden ihres Schädels anzustoßen.

„Freilich!“

Vorsichtig und schwankend näherte sie sich dem Chaos, das sie angerichtet hatte. Das Tor war durch den Aufprall soweit aufgebogen worden, dass Conny gebückt durchkriechen konnte. Sie bekam gerade noch mit, wie Berti draußen mit jemandem am Handy sprach. Ja, sie hat die Kommissarin angerufen! Gut! Sehr gut! Polizei! Bald würden sie da sein.

Die kalte Luft stach sich in Connys Lungen. Der karge Lichtschein, den die Toröffnung neben dem steckengebliebenen Wagen zuließ, fiel auf Regale mit Verpackungen. Lebensmittelkartons.

Conny versuchte, ihre aufkommende Übelkeit zu unterdrücken. Ob das vom Sturz kam? Eine Gehirnerschütterung? In diesem Halbdunkel fiel es ihr schwer, sich zu konzentrieren. Eine schwache Stimme drang in ihr Bewusstsein. Links? Rechts? Vor ihr?

„Was ist los?“, fragte eine beängstigend kraftlose, männliche Stimme. Hinter ihr.

Conny drehte sich um. An der Wand, ein paar Schritte neben dem Tor, bemerkte sie einen Schatten.

„Mike?“

Der Schatten keuchte.

„Kenn ich nicht.“

„Wer – wer sind Sie?“

„Ich bin Raimund Obermeier. Und wer sind Sie?“

41. Entfesselt

„Sie hätten mich wirklich zuerst anrufen sollen!“, warf Kommissarin Kilian Conny vor. „Sie sehen ja selbst, was Sie angerichtet haben. Und Ihr Auto, na ja, ob das die Versicherung zahlt?“

Conny musste fast lachen. Zur Vorsicht hatte man ihr eine Halskrause angelegt. Sie sollte eigentlich auf der Trage liegen bleiben, aber das hielt sie nicht davon ab, aufzustehen.

„Was denken Sie, wie egal mir das ist, Frau Kommissar!“

Sie schaute auf die beiden Männer, die in je einem Rettungswagen in Folien gehüllt von einem Arzt und Sanitätern versorgt wurden.

Aus einer Infusionsvorrichtung tropfte langsam eine trübe Flüssigkeit in Michaels Armvene. Eine Sanitäterin hatte ihm einen winzigen Becher mit einer Lösung zum langsamen Trinken gegeben. Vermutlich war Zucker darin, aber der Becher sah aus wie einer für Urinproben. Michael versuchte, etwas daraus zu trinken und sabberte wie ein alter Mann, der sein Gebiss vergessen hatte. Noch immer hatte er dieses taube Gefühl, als wäre er von einer Zahnarztspritze nicht nur im Mund, sondern am gesamten Körper gefühllos. Die Lösung aus dem Becher schmeckte zunächst nach gar nichts, beim Schlucken dann wieder leicht nach Kirschen.

Der Anweisung des Notarztes zum Trotz setzte er sich auf und sah, dass die Kommissarin mit Conny redete, die ihrerseits immer wieder flüchtig zu ihm herüberschaute. Gewiss, Conny hatte viel riskiert, um ihn und Obermeier zu retten. Aber sollte Frau Kommissar nicht besser mit ihm, Michael Warthens reden? Er versuchte ein Winken. Der Becher fiel aus seiner Hand.

Obermeier bekam ebenfalls eine Infusion. Der Notarzt kümmerte sich noch immer intensiv um ihn. Natürlich, der Kommissar hatte mindestens zwei Tage länger in der Kälte gelegen. War es dessen

Schatten, den Michael einmal am Ende der Regale erahnt hatte? Die Aussetzer in seinem Kopf machten kein klares Denken möglich. Er wusste nur eines sicher: Man musste Thiemo Zalus fassen, seine Motive erfahren und die Namen seiner Komplizen aus ihm herauspressen! Er war der Schlüssel zu den vier Morden.

Gemeinsam mit Conny und seiner schwer atmenden Tante Berti kam Frau Kommissar auf ihn zu. Endlich nahm sie Notiz von ihm, doch sie ließ Michaels Freundin den Vortritt.

Conny schaute ihn ernst an. Auf ihrer Stirn verkrustete ein nicht abgewischter Blutstreifen unterhalb eines Klammerpflasters. Sie verzog ihr Gesicht schmerzhaft zu einer lächelnden Grimasse und fasste sich an die Halskrause.

„Hey, wie geht's?"

„Gut. Außer, dass ich ... mich fühle ... wie eine Packung ...", er brachte das Wort, das aus seinem Mund wollte, schließlich zusammen: „Crashed-Ice."

Aber sie verstand ihn offensichtlich. Er bemerkte die Blutkruste über ihrer Braue.

„Un' dir?"

„Es geht. Halb so wild."

Michael sah sie skeptisch und mit Sorge an. Dankbar registrierte er ihr aufmunterndes Lächeln.

Er wandte sich der Kommissarin zu: „Is' Obermeier in Ordnung? Weil ..."

Frau Kilian nickte. Der Pony ihrer Bobfrisur fiel ihr dabei über die Augen, die eindeutig feucht glänzten. Die tiefstehende Sonne blendete sie wohl, denn es wehte kein kalter Wind.

„Wir müssen uns unterhalten", sagte sie lapidar, „und Sie wissen, worüber."

„Der Michi muss jetzt erst einmal g'sund werden!", protestierte Berti. Energisch schlug sie den Kragen ihres Mantels hoch.

Die Kommissarin trug eine kurze, saloppe Winterjacke über dem Blazer ihres Hosenanzugs. Hellblau. Sie öffnete den Reißverschluss und kramte eine Art Schnellhefter aus einer Innentasche.

„Sie haben den Mann, den Kommissar Jonas bereits vernommen hatte, Thiemo Zalus, in Verdacht, die vier Morde begangen zu haben, nicht wahr?“

Michael stutzte. Sie nahm ihn endlich ernst.

„Ja. Un’ das Motiv hab ich Ihnen bereits beschrieben. Also faschen … fassen Sie den Kerl!“

„Die Fahndung läuft schon. Dann werden wir ja bald wissen, wieso er womöglich vier Menschen getötet hat, und beinahe noch zwei weitere.“

„Sind Sie sicher, dass Scha… Zalus den Obermeier und mich hierher gebracht hat?“

Berti mischte sich ausdrücklich laut ein: „Jessas! Freilich, Michi, der ist doch aus der Halle kommen, bevor die Conny ihr Auto demoliert hat!“

„Also“, stimmte die Kommissarin zu, „gibt es eine Zeugin für die Anwesenheit des Verdächtigen Zalus und zumindest seines Mitwissens für die Entführung. Das ist schon mal ein triftiger Grund, ihn länger festzuhalten.“

„Wenn Sie ihn kriegen“, warf Michael ein.

„Glauben Sie mir, Warthens, den kriegen wir!“

Clarissa Kilian hob ihren Zeigefinger. Sie wirkte entschieden.

„Da war aber noch jemand“, meldete sich Conny.

Michael sagte: „Richtig. Waren zu zweit.“

„Können Sie den beschreiben, Warthens?“

Er verneinte.

„Aber ich!“, rief Berti. „Und du auch, Conny!“

Sie hatten nicht bemerkt, wie ein Mann in stilvollem Anzug, dessen Oberteil aus einem winterfesten Sakko bestand, aus seinem weißen SUV gestiegen war und sich nun der Halle näherte.

Er fasste sich an den Kopf und drehte sich einmal um die eigene Längsachse, als er das mit dem Rolltor verwachsene, rostrote Auto erblickte.

Michael beobachtete ihn von seinem erhöhten Sitz am Heck des Rettungswagens.

„Der war's aber nicht, oder?" Er zeigte auf die Szene am Hallentor, wo sich der Herr soeben einen Beamten schnappte und ihn offenbar zur Sau machte.

Die drei Damen sahen hinüber.

Michael strengte sich an weiterzureden, bevor er wieder in einen sanften Dämmerzustand zurückfiel.

„Isch der Dings, der Schmid", lallte er, „der 'schäftsführer."

Die Rettungsassistentin, die Conny erstversorgt hatte, machte ein strenges Gesicht, als sie Conny herumlaufen sah.

„So", sagte sie, „wir legen uns jetzt schön brav wieder hin. Und Sie auch, Herr Warthens!"

Sie führte Conny zurück zur Trage. Conny protestierte nicht. Falls sie wirklich eine Gehirnerschütterung hatte, wollte sie die Sache nicht schlimmer machen als sie war. Sie biss die Zähne zusammen. Berti war schließlich auch noch da. Die brauchte doch jemand, bis Mike wieder aus dem Krankenhaus entlassen wurde.

Die Gespenstischen

Auf Busreisen wurde Sissi immer schlecht. Während der Busfahrt zur letzten bayerischen Landesgartenschau, vier Jahre vor der in Rosenheim, war es ihr miserabel ergangen. Anschließend hatte sie die erste grenzüberschreitende Gartenschau von Marktredwitz-Cheb/Eger nie richtig genießen können. Als wäre sie seekrank, war sie durch die Stationen gewankt. Dabei war es 2006 so eine schöne Schau: erstmals war eine Nachbarregion in Tschechien miteinbezogen worden. Das sei eine wunderbare Idee, hatte Sissi gedacht und sich närrisch gefreut. Blumen, Gärten überhaupt waren zeitlebens ihr Traum gewesen. Der Balkon war, (bis einige Zeit nach der Landesgartenschau in Rosenheim), ihr einziger Kleingarten geblieben. Kein Albtraum, aber auch nicht gerade traumhaft.

Für eine Fahrt auf die Rosenheimer LGS schaltete Sissi eine Annonce in der Regensburger Lokalzeitung: „Mitfahrgelegenheit für 18.07.2010 nach Rosenheim zur Landesgartenschau gesucht."

Schnell fanden sich drei Leute, die weder Bahn- noch Busfahren wollten oder konnten, so wie Sissi. Die Fahrgemeinschaft verstand sich von Anfang an gut.

Sepp war ein lustiger Typ, mit dem sie viel Spaß auf der B15 nach Rosenheim hatten – nun ja, auf der Rückfahrt weniger, aber das war ein anderes Kapitel.

Loretta wollte damals einfach mal raus aus dem Mief ihrer Wohnung. Sie dachte daran, die Prostitution aufzugeben. Ihr Alter machte ihr zu schaffen. Im Auto wurde sie zwar von Adi auf ihr aufdringliches Parfüm angesprochen. Doch Sepp machte einen Witz über Damendüfte, und alles war vergessen. Die Klimaanlage in Adis SUV funktionierte als Geruchskiller.

Ein Zwischenfall in Landshut mit einem Reisebus trübte ihre Stimmung nur kurz. Viel war nicht passiert, aber der Busfahrer hatte, völlig verantwortungslos, nach Alkohol gerochen. Vom Zwischenhalt unterhalb der Burg Trausnitz war er aus dem Busparkplatz rangiert und hatte Adis SUV touchiert. Sissi hatte den Geruch wahrgenommen und Adi daraufhin die Polizei gerufen. Die Gäste bekamen einen Ersatzfahrer, maulten aber natürlich über die stundenlange Verzögerung auf ihrer Fahrt nach Rosenheim.

Adi, Loretta, Sissi und Sepp waren schneller dort.

Der Sonntag, 18. Juli 2010 begann bedeckt und kühl. In Rosenheim waren es tagsüber gerade mal 20 Grad. Es war ein grauer Tag, zwar mit wenig Regen, aber einer hohen Luftfeuchte, die sich unangenehm anfühlte. Sissi wusste nicht, was sie anziehen sollte und nahm eine zweite Jacke mit. Auch die anderen drei hatten Übergangsjacken an, taubengrau, blassblau, beige. Wie eine Rentnertruppe, sagte Sissi und lachte genau wie die anderen darüber.

Die Schau selbst war dann okay, weitläufig zwar, aber sehr hübsch. Sissi war besonders von den Kleingärten am Mühlbachbogen angetan. So etwas hätte sie auch gerne besessen, einen Garten mit Teich, murmelndem Brunnen und ganz vielen Nutz- und Zierpflanzen.

Sepp hatte sich inzwischen abgeseilt. Im Mangfallpark-Nord genehmigte er sich ein paar Bierchen, während er auf die anderen bis zur Rückfahrt wartete. Eine ältere Frau setzte sich eine Zeit lang zu ihm an den Gartentisch am Kiosk, der neben dem „Pavillon der vier Elemente“ Getränke und Snacks anbot. Sie plauderten ein wenig über Rosenheim und die Schau. Er erfuhr, dass die Frau mal als Sennerin gearbeitet hatte, und sich deshalb auch für die, wie sie sich ausdrückte, neumodernen Dinge auf dieser Ausstellung interessierte. Sie selbst bekam mit, dass Sepp für ihre Begriffe ganz gut aussah und ein sympathischer Regensburger war. Nur vielleicht einen Tick zu beduselt.

Kurz darauf waren Loretta, Adi und Sissi von ihrer Exkursion zurückgekehrt. Schön sei es, sagte Sissi, und Loretta und Adi zuckten gelangweilt mit den Schultern. War wohl doch nicht so toll.

Die kleine, ehemalige Sennerin machte den Platz frei für die drei.

Sie waren durstig. Sehr durstig. Adi, der Chauffeur, erlaubte sich ein Weißbier, dann ein Leichtes, dann doch noch ein Vollprozentiges.

Er solle an den Busfahrer denken, mahnte Sissi ihn. Adi trank mit schlechtem Gewissen aus und beließ es bei diesem letzten Tropfen.

Sepp hatte wohl schon sein fünftes Bier, als Sissi und Loretta mit dem Wein anfingen. Die Schau schloss bald, aber sie bestellten nochmal nach.

Der Schankkellner am Kiosk sprach sächsisch, was Sepp zu derben Witzen über das Volk des anderen Freistaats veranlasste. Der Kellner, ein Mann Mitte Vierzig vielleicht, schmächtig und mit halber Glatze, hörte kaum hin.

Vielleicht interpretierte Sepp das Missgeschick als Rache für seine Witze, als das nächste Weißbier auf dem Tablett des Kellners umkippte und ihm die Hose und den Rentnerblazer versaute.

Plötzlich hatten die vom Trinken Enthemmten einen gemeinsamen Feind, den sie mit oberpfälzischen Schimpfworten bombardierten, die der Sachse kaum verstand. Die Fahrgemeinschaft hielt eisern zusammen.

Der Kellner blieb cool und passiv, was besonders die beiden Männer reizte. Sepp baute sich vor ihm auf und erdolchte ihn mit seinem Blick. Der Kellner wich zurück. Er entschuldigte sich für sein Malheur und verzog sich in den Kiosk.

Sissi registrierte, dass er bald darauf mit jemandem telefonierte. Sie schlug vor, nun zu gehen. Nicht, dass der Kerl noch die Polizei gerufen hatte. Das sei doch die Sache nicht wert.

Auf den letzten Drücker spazierten sie durch das Auslasstor hinaus. Dann war die Schau für diesen Sonntag beendet. Doch sie blieben noch am Fluss, gleich neben dem Absperrzaun. Vor Einbruch der Dunkelheit wollten sie nicht zurückfahren. Die zweieinhalb Stunden Fahrt schafften sie doch locker, damit sie noch vor Mitternacht zuhause waren. Es genügte, zwischen 21 und 22 Uhr loszufahren.

Am Fluss waren kaum noch andere Leute. Sie redeten über sich und die Schau, was sie in Regensburg so machten, und dass sie so einen Ausflug gemeinsam wiederholen sollten.

Adi war der Meinung, es könnte dann aber ein anderer fahren. Sepp stänkerte, das sei schon möglich, weil Adis Fahrstil eh nichts taugen würde. Sissi kicherte darüber und Loretta sagte: „Genau“.

So gereizt meinte Adi feindselig, sie könnten ja heute zu Fuß nach Regensburg gehen, wenn es ihnen nicht passe. Mittlerweile war es fast Nacht geworden.

Sepp schubste Adi, er fragte, ob er spinne – da kam der Kellner auf sie zu. Er musste an ihnen vorbei, wenn er zu seiner Unterkunft kommen wollte. Der Feierabend nach einem langen Tag auf der Gartenschau war genau das, was er jetzt brauchte. Ruhe. Danach sah es im Moment nicht aus. Die vier vom späten Nachmittag stellten sich ihm in den Weg. Die beiden Frauen wollten zwar beruhigend auf die Männer einwirken, aber natürlich hatte der Kellner nun die Schnauze voll von den Idioten. Wieso sie eigentlich hierhergekommen seien, fragte er sie laut, wenn sie doch nur herummeckern wollten.

„Blöde Bayern!“

Sepp reichte es. Adi stand ihm bei. Loretta fühlte sich in ihrer Ehre gekränkt. Sissi wusste nicht recht, half aber aus gruppendynamischen Gründen tatkräftig mit, den nicht besonders kräftigen Mann festzuhalten. Der Kellner wusste sich nicht anders zu wehren, als Sepp und ihr ins Gesicht zu spucken.

Wie es kam, dass er den Damm hinunterkullerte und am Ufer, halb ins flache Wasser getaucht, liegen blieb, konnte keiner der vier am Ende genau sagen.

Keiner überzeugte sich davon, was ihm geschehen war. Sie fuhren zurück. Stumm auf der ganzen Fahrt. Wie konnte das nur passieren, fragte sich jeder und jede selbst.

Am nächsten Tag stand nichts von dem Ereignis in der Zeitung. Erst am Dienstag lasen sie die Meldung von dem Unfall, und dass O. Z. wohl noch zwei Stunden gelebt habe, bevor er seinen Verletzungen erlegen war. Die genauen Todesumstände ließen sich nicht mehr rekonstruieren. Er habe nach der abendlichen Schließung der Gartenschau wohl seinen Stress mit zu viel Alkohol bekämpft und wurde erst am nächsten Morgen von einem der Wachdienst-Mitarbeiter gefunden.

Sie stritten nicht darüber, wer von ihnen den tödlichen Stoß, der den Mann sterben ließ, letztendlich ausgeführt hatte. Täterschaft oder Mit-Täterschaft? Sie waren sich einig: solange kein Staatsanwalt Anklage erhob, mussten sie sich deswegen nicht in die Haare kriegen. Verantwortlich waren sie alle.

Niemals sollte die Wahrheit über ihre Lippen kommen. Nie und nimmer.

42. Interview

Video-Kameras überwachten den Außenbereich des Geländes, auf dem die Lagerhalle stand. Michaels zukünftige Firma hätte den Objekt-Schutz übernehmen sollen, denn Kameras verhinderten schließlich keine Verbrechen, und sie schreckten auch kaum ab. Zur Aufklärung von Taten trugen die Aufzeichnungen manchmal bei.

Thiemo Zalus grinste schräg, als Kommissarin Kilian ihm die Bilder auf dem Tablet präsentierte.

„Na und“, blaffte er, „ich habe einen Nebenjob als Ausfahrer bei der Firma. Die Stadt zahlt ja so miserabel, dass man nicht leben kann in dem Scheiß-Kaff.“

Clarissa Kilian überhörte das letzte Wort, vielleicht, weil sie vor kurzem noch derselben Meinung über Rosenheim gewesen war.

*

Michael und Conny durften als Zeugen bei der Vernehmung des Verdächtigen auf der anderen Seite des Spiegels beiwohnen. Conny hatte noch am Tag ihrer Einlieferung das Krankenhaus verlassen dürfen. Sie trug keine Halskrause mehr.

Hauptkommissar Obermeier und er hatten sich nach einem weiteren Tag im Klinikum halbwegs erholt und warteten aufgewärmt und sehr gespannt auf die Aussagen ihres Peinigers.

Hinter den drei Zeugen – und KHK Obermeier war in diesem Fall ebenfalls einer – wohnten der Polizeidirektor und zwei uniformierte Beamte dem Verhör bei.

Obermeier hatte zwischen Conny und Michael auf einem Stuhl Platz genommen. Mit starrem Blick folgte er den langsamen Bewegungen Thiemo Zalus’, der gegenüber der Kommissarin saß und seine mit Handschellen verbundenen Hände unter den Tisch hielt. Der blasse, vierundzwanzig Jahre alte Mann war zwar nicht besonders groß, aber von kräftiger Statur und ganz in Schwarz gekleidet. Er kniff seine dünnen Lippen aufeinander, als hätte er sich vorgenommen, nichts zu sagen. Nun hatte er es doch getan.

Aus einem quäkenden Lautsprecher hörten Conny Linden, Raimund Obermeier und Michael Warthens die einzigen Worte, die der mutmaßliche Mörder von vier Menschen bis jetzt geäußert hatte.

Das kalte Licht im Vernehmungsraum schien grell auf die Haut von Thiemo Zalus. Das gebräunte Gesicht der Kommissarin wirkte wie aus Wachs gegossen. Versteinert. Und so redete sie auch.

„Sie haben vier Menschen umgebracht. Warum?“

Thiemo sah ihr mit festem Blick in die Augen. Er öffnete seinen Mund und saugte die trocken-warme Luft ein. Wollte er hinausschreien, warum er es getan hatte? Er blieb stumm.

„Herr Zalus“, begann Kilian von neuem und in beinahe mütterlichem Ton, „wir wissen es. Ich möchte nur, dass Sie es endlich aussprechen. Sie werden sehen, es wird Ihnen besser gehen, wenn Sie all den Frust über den Tod Ihres Vaters gestehen. Ich verstehe das sogar.“

„Nichts verstehen Sie!“, brüllte Thiemo plötzlich. Er spuckte feuchte Fontänen aus seinem Mund. „Gar nichts! Ihr seid doch alle gleich, ihr Bullen! Zuerst wollt ihr nicht, und …“

Er machte wieder zu, lehnte sich ergeben zurück und senkte den Kopf.

„Was, und?“, hakte Kilian ein. „Ich weiß inzwischen, dass die Aufklärung der Umstände des Todes Ihres Vaters damals nicht optimal gelaufen ist. Ja, wir hätten auf Sie hören sollen. Sie hatten uns ja gewarnt. Aber ich selbst war damals nicht mit dem Fall betraut. Also, wollen Sie es nicht wenigstens mir sagen?“

Thiemo hielt den Kopf gesenkt. Er murmelte etwas, das keiner der Zuhörer verstand.

Kommissarin Kilian beugte sich über den Tisch und schob das Mikrofon näher zu Thiemo.

„Herr Zalus, würden Sie bitte wiederholen, was Sie soeben gesagt haben?"

„Ich, ich", stammelte er, „musste meiner Familie Gerechtigkeit geben."

Er sah auf. In seinen schmalen Gesichtszügen zuckten feine Muskeln. Er legte seine gefesselten Hände auf den Tisch, ohne die Finger ineinander zu schlingen.

„Mein Vater wurde ermordet!"

Kilian sagte: „Ich glaube Ihnen. Und dann?"

„Er hätte gerettet werden können, oder! Wenn nur einer der Mistkerle nach ihm gesehen hätte. Aber nein, selbst ihr habt ja gesagt, er war selber schuld, betrunken, ein Ossi, na und?"

„Sie wissen, dass das nicht stimmt."

Thiemo schaute ihr kurz in die Augen, dann wieder auf seine Hände.

„Wir haben alles verloren. Meine Schwester hat die Schule abgebrochen und gejobbt, damit wir uns über Wasser halten konnten. Jetzt nimmt sie Drogen, ist zu einem verfluchten Junkie geworden. Meine Mutter wurde krank und starb – und da kommen Sie und sagen schon wieder, dass Sie recht haben. Die Polizei hat ja immer recht, nicht wahr!"

„Mussten wegen des Todes Ihres Vaters vier Menschen sterben? Haben Sie sie umgebracht?"

Bisher konnte die Kommissarin Thiemo nur wegen der Entführung von zwei Männern festhalten. Sie brauchte ein direktes Geständnis.

„Wenn Sie gestehen, hat das strafmildernde Auswirkungen, das wissen Sie."

„Quatsch!" Wieder sah er auf und in Clarissa Kilians Augen. „Strafmildernd", äffte er sie nach, „ich weiß, was ich getan habe. Ich weiß, welche Folgen es hat, wenn Sie mich erwischen. Sie wollen es genau wissen? Also: Ich habe Josef Falterer, Mörder, Gerlinde Bernhuber alias Loretta, Mörderin, Adolar Renner, Mörder und Franziska Mayer, Mörderin, Gerechtigkeit zuteilwerden lassen. Das Recht, zu sterben. Genau wie mein Vater."

Erkennbar zeichnete sich ein zufriedener Zug auf Kilians Miene ab. Als wäre das Licht im Raum eine Nuance heller geworden.

„Wieso auf diese Art?“, fragte sie und lehnte sich in Erwartung einer Antwort zurück. „Warum so …“, sie suchte das richtige Wort, „… spektakulär. Diese vier Elemente?"

Thiemo lächelte und hob erstaunt die rechte Augenbraue. Nach seinem kurzen Gefühlsausbruch hatte er sich wieder im Griff.

„Sie haben das kapiert? Respekt! Dann wissen Sie auch, dass mein Vater am Kiosk neben dem *Pavillon der vier Elemente* gearbeitet hat. Ich musste es so machen. Es ging nicht anders. Das Zeichen war ich meinem Vater schuldig.“

Außerhalb des Verhörraums sahen sich Conny und Michael an. Stolz war Michael nicht, dass er die Polizei auf diesen Aspekt aufmerksam gemacht hatte. Dennoch glitt ein Lächeln über seine Lippen, weil Conny anerkennend nickte.

Obermeier sah aus, als würde er im nächsten Moment auf seinem Stuhl zusammensacken.

„Sie haben das gewusst, Warthens, wie mir Frau Kilian sagte. Warum haben Sie's mir nicht verraten?“

„Sie waren doch schon tiefgefroren, als ich darauf gekommen bin“, erklärte er, „aber wenn ich es eher gewusst hätte …“

„… hätten Sie's mir auch nicht verraten, oder? Sie wussten von Kommissar Jonas, dass ich die Sache damals verbockt habe, nicht wahr?“

Michael schluckte. Natürlich fühlte sich Obermeier als der Schuldige, er und sein Team, das Olaf Zalus' Tod viel zu rasch als Unfall deklariert und zu den Akten gelegt hatte.

Der Hauptkommissar drehte sich kurz um und sah den Polizeidirektor schuldbewusst an.

Direktor Bürki verschränkte die Arme.

„Darüber werden wir intern reden“, sagte er mit Blick auf die beiden Zivilisten Conny und Michael, „später.“

Michael nahm das Stichwort Jonas von Obermeier auf. „Wo ist eigentlich Kommissar Jonas?", fragte er Polizeidirektor Bürki.

„Das wird ebenfalls intern behandelt."

Hatte Jonas Dreck am Stecken? Was wurde da intern behandelt? Michael fragte sich, ob Jonas der zweite Mann war, den er im Kühlhaus gehört hatte. Wen hatte Thiemo Zalus zur Seite gehabt?

Inzwischen hatte die Kommissarin Thiemo die Frage nach Michaels Handy, das nicht geortet werden konnte, gestellt.

Thiemo grinste verächtlich.

„Vielleicht telefonieren jetzt die Fische im Inn damit?"

Kommissarin Kilian brachte das Verhör zu Ende. Das Geständnis war im Kasten. Sie klärte Thiemo zum zweiten Mal auf, er könne sich einen Anwalt nehmen. Wenn er sich keinen leisten könne, würde einer gestellt.

Thiemo selbst antwortete: „Bringt mir das was? Es ist doch alles klar, oder? Der Staatsanwalt erhebt Anklage, ich bleibe in U-Haft bis zur Verhandlung, und dann habe ich ja doch keine Chance mehr."

„Vielleicht haben Sie sogar recht", sagte Kilian mit leicht gehässigem Unterton und packte dabei ihre Unterlagen zusammen.

Der Polizist, der wie vorgeschrieben zur Sicherheit an der Tür postiert gewesen war, führte Thiemo hinaus. Thiemo drehte sich noch einmal zur Kommissarin um.

„Wenigstens jetzt."

43. Kein Fazit

Nach Thiemo Zalus' Geständnis verabschiedete sich Conny von Michael, Raimund Obermeier und Direktor Bürki. Sie musste wegen einer Anzeige durch die Firma *Die Kühltruhe* ins Erdgeschoss zu ihrer eigenen Vernehmung. Die Rechnung für den Abtransport ihres Autowracks hatte sie mit wenig Hoffnung auf Erfolg der Versicherung geschickt. Nun hoffte sie, dass die Sache wegen der Verhältnismäßigkeit ihres Einsatzes nicht allzu teuer für sie werden würde. Vielleicht kam sie ja mit einer Verwarnung davon.

Clarissa Kilian bat KHK Obermeier und Michael in ihr Büro. Obermeier war bis zu seiner vorzeitigen Pension außer Dienst gestellt. Bis dahin würde er sich einigen unangenehmen Fragen stellen müssen. Er gab sich die Schuld an den Morden. Seine fehlerhafte Einschätzung im Fall Zalus 2010 hatte weiteren vier Menschen das Leben gekostet – und beinahe das von Michael Warthens und sein eigenes. Über das Schicksal der Familie Zalus dachte er lieber nicht nach. Ja, Obermeier wähnte sich gewaltig schuldig.

Seine Hände waren noch immer mit Verbänden versehen. Die tagelange Kälte hatte seine ungeschützten Hautpartien angegriffen, als hätte er Gefrierbrand. Sein Gesicht war dick mit einer glänzenden Salbe eingerieben. An manchen Stellen klebten winzige sterile Pflaster. Einige Besenreiser waren aufgeplatzt.

Kommissarin Kilian schob ihre Hand unter ihren Pony und ließ sie für ein paar Augenblicke dort verweilen, als hätte sie Kopfschmerzen.

Michael saß mit verschränkten Armen auf einem schlichten Stuhl, den die Kommissarin aus einem anderen Büro hatte holen lassen. Seine Haut war gottlob nicht so lange der Kälte ausgesetzt gewesen, dass sie aufgeplatzt wäre. Dennoch hatte er den Rat des

Arztes angenommen und die Salbe aufgetragen, die er ihm im Klinikum mitgegeben hatte. Seine Nase triefte trotzdem.

Obermeier hatte im Besuchersessel Platz genommen.

Kilian sah ihn emotionslos an.

„Sie sollten eigentlich nicht hier sein, Herr Kollege, das wissen Sie. Sie sind im Moment Zeuge, nichts weiter. Direktor Bürki weiß nicht, dass ich Sie in mein Büro gebeten habe."

Beim letzten Satz sah sie auch Michael an.

Obermeier und er nickten.

Der Hauptkommissar berichtigte die Kommissarin: „Ich bin Zeuge, ich weiß. Und suspendiert. Deswegen dürften Sie mich korrekterweise nicht mit Herr Kollege ansprechen." Seine Stimme klang rau, und er hustete.

Frau Kilian überhörte den Hinweis mit einem charmanten Lächeln, als wollte sie sagen „egal, Sie sind und bleiben ein Kollege".

„Also", begann sie von neuem, „Thiemo Zalus hat Sie entführt, weil er Sie quälen wollte", erklärte sie an Obermeier gewandt, „leiden lassen, wie er die ganze Zeit über gelitten hat, das wissen Sie."

„Ja", sagte Obermeier knapp, „darum hat er mich ja nicht gleich getötet."

„Und ich?", warf Michael ein. „Hat er gesagt, warum er auch mich, ähm, quälen wollte?"

„Ich glaube, er wollte Sie zunächst nicht lange leben lassen. In der Tiefkühlhalle hätten Sie keine zwei Stunden mehr überlebt. Aber dann, aus irgendeinem Grund, hat er sich's anders überlegt und Sie in den Kühlraum gebracht, wo keine Frosttemperaturen herrschen. Sie waren ihm auf der Spur und wurden ihm gefährlich. Gute Arbeit übrigens, Warthens."

Wäre Michael Polizist gewesen, hätte er sich über das Lob sogar gefreut.

„Gern geschehen", meinte er sarkastisch, „und woher hat er das gewusst, auch wer ich bin, oder wo mein Auto steht? Und wo ist eigentlich Ihr Kollege Jonas?"

Kilian und Obermeier sahen sich an, als hätten sie einen Schweigepakt geschlossen. Obermeier fasste sich nach einigem Räuspern und der peinlichen Pause ein Herz.

„Jonas ist im Moment ebenso suspendiert wie ich."

„Ach!", stieß Michael überrascht aus. „Hatte ich doch die richtige Ahnung: Jonas ist der böse Bube in Ihren Reihen! Na klar, er wusste von meinen Ermittlungen, dass ich Zalus auf den Fersen bin. Er kennt mein Auto und das Kennzeichen!"

Kilian schüttelte den Kopf.

„Ganz so einfach ist es dann doch nicht", unterbrach sie Michaels Diagnose.

„Nicht?" Michael war entgeistert.

Egal

Thiemo war egal, was mit ihm passierte. Das einzige, das er bereute, war, Obermeiers Qualen nicht zu Ende gebracht zu haben. Dass der Kommissar noch lebte! Der andere, dieser Warthens, war ihm sowieso einerlei. Sein hübsches Helferlein mit der etwas arg rauchigen Stimme hätte dem lästigen Schnüffler ruhig gleich den Rest geben können. Zuvor war sie eine nützliche Hilfe, die ihm zugeflogen war wie ein Geschenk des Himmels – oder der Hölle, was eher zutraf. Ohne sie hätte er vielleicht niemals so leicht an ein Sedativum kommen können. Nun war sie ihm ebenfalls gleichgültig geworden. Sie hatte gesagt, es gäbe bessere, stärkere Mittel, um jemanden auszuschalten. K.O.-Tropfen zum Beispiel. Aber besonders Obermeier sollte mitbekommen, was mit ihm passierte. Langsam erfrieren, hungern, wieder aufwachen, Situation checken. Angst bekommen. Todesangst! Wie sein Vater damals. Quälende Stunden, halb im kalten Wasser, unterkühlt, zu erschöpft sich zu bewegen, unfähig um Hilfe zu rufen.

Thiemo beschlich eine Art Zufriedenheit, jetzt abgeschlossen zu haben. Dass er den Lieferwagen der Kühltruhe auch in seiner Freizeit und privat hatte fahren dürfen, war natürlich ideal gewesen. Doch die ganze Arbeit, das monatelange Beschatten der Mörder seines Vaters, vor allem dieses berglaufenden Adi Renners, sich dafür immer mal wieder für einen Tag krank zu melden oder Urlaub zu nehmen, das hatte ihn schrecklich viel Kraft gekostet. Als wäre er um dreißig Jahre gealtert, fühlte er sich unendlich müde. Auch wenn sie ihn nun erwischt hatten, seine Mission hatte Thiemo erfüllt.

Er untersuchte das Bett in der Zelle. Irgendwo fand sich bestimmt etwas, womit er sich ein Ende setzen konnte. Egal wie. Egal.

44. Ganz anders

Der Detektiv musste ja wie immer nicht alles wissen. So jedenfalls kam es Michael vor, während er die geheimnisvolle Blicke austauschenden Kommissare Obermeier und Kilian beobachtete.

Sein Kopf arbeitete fast wieder wie früher. Die Nachwirkungen einer erheblichen Menge an sedativer Substanz in seinem Körper äußerten sich vordergründig in verrückten Geschmacksirritationen. Irgendwie schmeckte immer noch alles nach nichts oder ein wenig nach Kirsche. Wie lange sein Gaumen noch taub blieb, hatte der Doktor ihm nicht sagen können, nur, dass es eines Tages schon wieder gut werde.

Das Zeug war zwar gebräuchlich und rezeptpflichtig, aber der Umgang mit Benzos, wie der Arzt sich ausgedrückt hatte, könne ohne ärztliche Überwachung dauerhafte gesundheitliche Schäden anrichten. Benzodiazepine wie Diazepam, oder schlicht Valium, hätten eine außerordentlich beruhigende Wirkung, lösten Schlafzustände aus, und der Synergie-Effekt in Verbindung mit Alkohol wirkte geradezu narkotisierend. Dabei seien lebensbedrohende Atemlähmungen nicht selten.

Tatsächlich war Michael gestern Nacht nach Atem ringend aufgeschreckt, nach einem Traum – oder einer Wahnvorstellung – zu ertrinken. Sein Zittern und die Kopfschmerzen würden ihn noch länger begleiten. Und Aussetzer im Denken würden vielleicht noch ein paar Tage seine Arbeit beeinträchtigen.

Warum das Mittel sofort gewirkt hatte, lag laut Doktor Leitner vermutlich daran, dass es in flüssiger Form gespritzt worden war, anders als oral mit Essen oder Trinken verabreicht. Der Arzt hatte vermutet, es handele sich um das in Österreich gebräuchliche Psychopax, ein flüssiges Benzodiazepin.

Im Gegensatz zu seinen Geschmacksknospen war Michaels Gehirn, zumindest im Augenblick, hellwach.

„Na gut, Jonas war also nicht der zweite Mann."

Gleichzeitiges, kommissarisches Kopfschütteln.

„Wird das jetzt ein Quiz, oder was?", ärgerte er sich. „Wenn Sie mir nicht verraten wollen, wer für den Verlust von eineinhalb meiner Lebenstage, und dreien von Ihren, Kommissar, mitverantwortlich ist, dann kann ich ja gehen. Als Zeuge und Opfer werde ich es vor Gericht dann sowieso erfahren!"

Wieder schauten Clarissa Kilian und Raimund Obermeier sich an wie Geheimbündler.

„Oder wissen Sie selbst noch nicht, wer dahintersteckt?", riet Michael. „Außer, dass der Komplize vom jungen Zalus *nicht* Kommissar Jonas war?"

Damit musste er die Ehre der Ermittler angekratzt haben. Frau Kilian schniefte auf, als liefe ihr die Nase, hob das Kinn und sah zu Michael.

„Richtig, Jonas hatte wenig mit Ihrer Entführung zu tun."

„Wenig?", wiederholte Michael. „Aber ein bisschen schon, oder wie?"

Obermeier wandte sich an Michael.

„Kollege Jonas rechnete nicht damit, dass seine Verletzung des Dienstgeheimnisses derart außer Kontrolle geraten würde", wagte Obermeier einen ersten Erklärungsversuch.

Die Kommissarin sprang ihm bei und übernahm: „Jonas saß in der Patsche. Herr Hauptkommissar Obermeier hatte nach dem dritten Mord, dem an Adolar Renner, offen in Erwägung gezogen, doch länger als bisher geplant seinen Dienst fortzuführen. Während seiner Vernehmung gab Kollege Jonas an, wie sehr ihn die Wut gepackt habe, endlos auf die Beförderung und die Nachfolge als Chefermittler der Mordkommission zu warten."

Sie wandte sich an Obermeier.

„Sie, Herr Kollege, haben es wohl etwas übertrieben mit Ihrer Art der Führung. Sie sollen ihn oft beleidigt und niedergemacht haben. Er fühlte sich gemobbt, und das, obwohl er eine blitzsaubere Karriere hingelegt hat."

Obermeier zuckte mit der Schulter. Dieses Mal protestierte er nicht wegen der Anrede *Herr Kollege*.

„Allmächd, das muss man doch aushalten als Mannsbild!“

„Hat er wohl nicht“, entgegnete die Kommissarin, „wie wir gehört haben. Zunächst jammerte er seiner Frau wegen Ihres, allerdings nicht nachgewiesenen Mobbings vor. Als dann noch die Verlängerung Ihrer Lebensarbeitszeit dazukam, sah er einige Felle …“ sie stutzte und bediente ein Wortspiel, „… und wohl auch *Fälle* davonschwimmen. Jonas erzählte alles seiner Frau. Klara Jonas. Jedes Mal, wenn sich bei den Ermittlungen etwas Neues ergab, verriet er ihr Einzelheiten. Er litt darunter, dass Sie, Herr Hauptkommissar, ihn nicht richtig zum Zug kommen ließen. Der Druck, der auf ihm wegen der Morde lastete, veranlasste ihn, seiner Frau Details über diese Fälle zu verraten. Es bliebe ja in der Familie, beruhigte sie ihn. Bei wem sollte er sich sonst aussprechen, als bei ihr.

Als sie schließlich von ihrem Mann erfuhr, dass Ihnen, Kollege Obermeier, 2010 ein Fehler bei der Einschätzung der Todesursache von Olaf Zalus unterlaufen war, wollte sie ihren Mann dazu bringen, salopp gesagt, die Ursache allen ehelichen Übels in die Pfanne zu hauen: Sie. Kollege Jonas zögerte trotz allem, Ihnen, seinem Chef, schlampige Ermittlungen nachzuweisen. Frau Jonas war da tatkräftiger. Von ihrem Mann kannte sie den Namen des Hauptverdächtigen.“ Ihre feinen Brauen zogen sich zu einem finsteren Blick zusammen. „Da hatte mir Frau Jonas was voraus. Sie nahm Kontakt mit Zalus auf und schlug ihm vor, ihm bei seiner Rache an Ihnen, Herr Hauptkommissar, beizustehen.“

Michaels Mund wollte sich nicht mehr schließen. Das war doch Wahnsinn! Frau Jonas also! Er versuchte, sich bei aller Überraschung zu konzentrieren und kombinierte rasch.

„Moment! Jonas hat bei seiner Frau wegen dienstlicher Demütigungen abgejammert? Er hat seine Frau also mit Informationen gefüttert, und sie hat das eiskalt ausgenutzt und uns gemeinsam mit Thiemo Zalus entführt?“

„Ja, sie wusste von ihrem Mann, wann der Kollege Obermeier zu fassen war, welches Auto Sie fahren, Warthens, erfuhr das Kennzeichen und wo es stand.“

„Raffiniert!“, entfuhr es Michael.

Obermeier holte tief Luft, hustete, und als er es konnte, wandte er sich an Michael.

„Warthens, Sie wissen, wenn wir beide miteinander zu tun hatten, verriet ich Ihnen niemals genaue Details. Das geht schlicht und einfach nicht. Jonas hat es im Glauben, seiner eigenen Frau alles erzählen zu können, trotzdem getan. Wahrscheinlich hatte sie zuhause gehörig mit ihrem depressiven Mann zu kämpfen. Ständig hörte sie ihn klagen. Sein Frust schien sehr groß zu sein. Ich glaube nicht, dass der nur wegen mir an ihm nagte. Seine Frau Klara erwartete wohl einfach zu viel von ihm. Die jahrelangen, sogenannten Kränkungen, die er mir vorwirft und seiner Frau anvertraut hat, kompensierte sie und fungierte als Racheengel.“

Obermeier bekam einen roten Kopf über seine Erkenntnis. Seine Besenreiser zeichneten eine wilde Landschaft auf seinen Wangen.

„Als guter Polizist roch er den Braten, dass Klara Jonas gerade dabei war, seiner Karriere in krimineller Art und Weise auf die Sprünge zu helfen.“

Michael überlegte: „Natürlich, Jonas und ich sind ja gemeinsam auf die Ungereimtheit von 2010 gestoßen. Er hat seiner Frau von mir erzählt, und wahrscheinlich ebenso, dass ich den Sohn von Olaf Zalus im Visier hatte. Ich bin den beiden zu gefährlich geworden.“

„Genau“, bestätigte Frau Kilian. „Wie dem auch sei, Jonas roch, wie Sie sagten, Herr Kollege Obermeier, den Braten. Laut seiner Aussage, hat er seine Klara zusammen mit Zalus gesehen und sich gefragt, wieso sich sein Hauptverdächtiger mit seiner Frau traf. Dass sie eine Affäre mit dem jungen Mann haben könnte, schloss er erstmal aus. Er hatte ihr wenig, und doch zu viel über Thiemo Zalus erzählt. Wer er war, wo er arbeitete und wohnte. Sofort kam er in eine Zwickmühle. Jonas konnte ja nicht gegen seine eigene Frau ermitteln, und damit auch gegen sich selbst. Der Verrat von Dienstgeheimnissen bei laufenden Ermittlungen führt zu erheblichen Disziplinarmaßnahmen bis hin zur Dienstenthebung und Entlassung. Entsetzt suchte er seine Frau an ihrem Arbeitsplatz in der Apotheke auf, um sie zur Rede zu stellen.“

„Moment“, stoppte Michael, dem sofort einfiel, wann und wo er den sogenannten krankgeschriebenen Jonas angetroffen hatte, „die Apotheke im Kaufhaus?“

Michael hatte Jonas damals auf der Rolltreppe gesehen.

„Richtig“, bestätigte Frau Kilian, „die Frau Apothekerin Jonas kennt sich natürlich mit Betäubungsmitteln aus.“

Mehr musste sie nicht sagen.

„Das wird ja immer dreister!“ Michael erinnerte sich an viele Details nur verschwommen. Aber jetzt: diese Stimme im Kühlhaus, als wäre es kein Mann und auch keine Frau, rauchig und leise – sie also war es, mit der Thiemo geredet hatte. Frau Jonas!

„Ist diese Frau Jonas Österreicherin?“, hakte er nach.

„Warum?“

„Nur so. Wegen dem Betäubungsmittel, flüssig … Psycho-noch was.“ Er bemerkte einen kurzen Stopp seines klaren Denkens, stotterte und hielt sich zurück. Er musste sich zusammenreißen.

„Geht's Ihnen gut?“, fragte die Kommissarin.

Michael nickte. Sein Geist fand wieder dorthin zurück, wo er hingehörte.

„Kollege Jonas“, erläuterte die Kommissarin weiter, „vertuschte, dass er Thiemo Zalus in Verdacht hatte. Wie er bei seiner Vernehmung sagte, habe er ihn nach seinem Treffen mit seiner Frau in der Kaufhaus-Apotheke im Klosterkeller kontaktiert, um ihm ins Gewissen zu reden. Vergeblich, wie wir wissen.“

Jetzt erinnerte sich Michael, dass er Jonas im Klosterkeller ertappt hatte, nachdem er dem angeblich kranken Kommissar zuvor schon im Kaufhaus begegnet war. Auf Zalus hatte der junge Kommissar also gewartet. Zalus wiederum hatte sich an dem Nachmittag vermutlich frei genommen. Michael hätte also doch länger im Klosterkeller bleiben sollen, als vor dem Bürgeramt vergeblich auf Zalus zu warten.

„Aber als Frau Linden und meine Tante am Tor der Kühlhalle Thiemo Zalus erkannt hatten, wieso dachten die beiden, ein zweiter Mann wäre bei ihm?“

„Die Videoaufzeichnungen vom Lagerhaus gaben uns Aufschluss über die tatsächliche Identität des zweiten Täters. Wir sind aus allen Wolken gefallen, als da ziemlich klar und deutlich die uns persönlich bekannte Ehefrau unseres Kollegen in die Kamera guckte. Sie hat in etwa dieselbe Größe wie ihr Mann. Aus Tarnungsgründen trug sie eine Baseballmütze und kleidete sich wie ein Mann“, erklärte die Kommissarin. „Vielleicht bemerkte Kommissar Jonas zuhause nicht, dass ihm mal die eine oder andere Hose oder ein Sakko fehlte. Männer haben doch selten einen Überblick über ihre Kleidung – außer über die meist einigermaßen überschaubare Zahl ihrer Schuhe.“

Sie schmunzelte.

Michael überhörte die Anspielung auf die wohl erheblich höhere Anzahl ihrer eigenen Schuhpaare und überlegte. Er verstand einfach Kommissar Jonas’ Reaktion nicht.

„Und warum griff Jonas trotzdem nicht ein, als er den Aktionen seiner Frau auf die Spur kam? Er wusste schließlich, dass der junge Zalus der Täter ist, und vor allem, dass sich sein Chef in großer Gefahr befand.“

Die Kommissarin räusperte sich und sah abwechselnd von Michael zu Obermeier und wieder zurück.

„Jonas konnte aus zwei Gründen nicht anders“, erklärte sie und formte Zeige- und Mittelfinger zum Peace-Zeichen, das in diesem Fall eine Zwei bedeuten sollte, „als sich zurückzuhalten. Einer war, wie gesagt, sich selbst nicht zu belasten. Das Motiv seiner Frau aber, und damit auch seines zum Stillhalten, war in erster Linie finanzieller Natur! Sie haben kürzlich ein Haus gekauft, das gewiss erst zu einem geringen Teil abbezahlt ist. Und die angestellte Apothekerin Frau Jonas war im Begriff, sich mit einer eigenen Apotheke selbstständig zu machen. Auch dafür hat sie einen beträchtlichen Kredit aufnehmen müssen. Kollege Jonas’ Beförderung wäre also extrem wichtig für die beiden gewesen! Sein Jammern wegen Obermeiers Mobbing war eher zweitrangig und störte zwar den Ehefrieden, aber Jonas befürchtete, sogar zurückversetzt zu werden. Worte wie *unfähig*, oder *zur Verkehrsüberwachung gerade noch geeignet* aus Ihrem Mund, Hauptkommissar, schürten schlimmste Ahnungen beim Ehepaar Jonas. Er hätte sich zwar mit der Festnahme des vierfachen Mörders Zalus profilieren können, denn er wusste, dass Sie nun nicht so schnell pensioniert werden wollten. Aber dann ist seine Frau bei Ihrer Entführung maßgeblich beteiligt, und er zieht erstmal zurück."

„Trotzdem", widersprach Michael kopfschüttelnd, „Wir hätten sterben können! Er wusste das!"

„Na hören Sie!" Frau Kilian zeigte ihre Handflächen, als läge das alles klar auf denselben. „Verletzung der Schweigepflicht mit den daraufhin erfolgten Straftaten – Entführung, Freiheitsberaubung, Körperverletzung, versuchter Mord – und als Mitwisser hatte er bis zum Zeitpunkt der Festnahme seiner Frau den Mörder von vier Menschen vor der Festnahme geschützt. Seine Karriere hätte er damit selbst zum Teufel gejagt."

Obermeier wand sich unbehaglich im Sessel.

„Hat er ja jetzt."

Michael meinte, Jonas könnte es andererseits ganz recht gewesen sein, mit dem, was seine Frau da für ihn veranstaltet hatte. Sein Vorgesetzter hätte sterben können und der Weg für seinen Aufstieg wäre frei gewesen. Obermeier hatte ihm am letzten Freitag bei der Besprechung in Raum 14 Thiemos Namen genannt. Jonas rief seine Frau an, jubelnd über den Verdächtigen, der bei der Stadtverwaltung tätig war, und über den wohl großen Fehler von Obermeier im Jahr 2010. Er löschte den Namen Thiemo Zalus aus den Protokollen oder verstümmelte ihn zu den Anfangsbuchstaben T.Z. Damit blieb er neben dem Hauptkommissar der Alleinwissende, um Thiemo später als seinen eigenen Verdächtigen zu präsentieren. Frau Jonas musste bald danach den Entschluss gefasst haben, Kontakt mit Zalus Junior aufzunehmen, was sie am Freitag oder eher am Samstagnachmittag getan hatte.

„Am Freitag", resümierte Michael, „war Thiemo ja noch in Brannenburg schwer beschäftigt mit dem Mord an Adi Renner gewesen, und am frühen Samstagvormittag mit der Beseitigung von Franziska Mayer. Am Sonntag entführten sie dann Herrn Obermeier bereits gemeinsam."

Die Kommissarin bestätigte ihm anerkennend seine Schlussfolgerung. Sie verriet Michael, Frau Klara Jonas sei bereits in Untersuchungshaft. Der Staatsanwalt habe nicht die geringsten Einwände gehabt, Haftbefehle für Familie Jonas auszustellen.

„Womöglich zögerte er bloß zu lange“, spekulierte sie. Damit nahm sie ihren jungen Kollegen indirekt ein wenig in Schutz. „Wir werden ihn fragen, ob er nicht doch noch mit der Wahrheit herausrücken wollte. Sicher trug er sich mit dem Gedanken, diesen Thiemo festzunehmen und sogar seine Frau. Eines Tages vielleicht, nach reiflicher Überlegung, wie er dabei am besten rauskommt. Selbst wenn es so gekommen wäre: Ihre Freundin, Warthens, war schneller.“

„Na, Gott sei Dank“, prustete Michael, „war sie es. Lange hätten wir's nicht mehr gemacht in dem Sch…, sorry: Eishaus.“

Hauptkommissar Obermeier wollte sich von Michael mit einem Händedruck verabschieden, besann sich aber wegen der Bandagen und hob nur müde seinen Arm.

„Machen Sie's gut, Warthens. *Herr* Warthens“, verbesserte er sich zum ersten Mal.

Er und Michael wussten, sie würden sich spätestens zu den Verhandlungen vor Gericht wieder begegnen.

„Alles Gute, Herr Hauptkommissar. Und achten Sie auf Ihre Gesundheit.“

„Ja“, sagte Obermeier nur.

Michael hätte ihm gerne gesagt, dass er glaube, 2010 habe er sich doch auf die forensischen Ergebnisse verlassen müssen, die besagt hatten, Olaf Zalus sei durch einen alkoholbedingten Unfall ums Leben gekommen. Die einzige Schuld, die er sich geben konnte, war, dass er nicht genauer nachgehakt hatte, als der Sohn seine Zweifel angemeldet hatte. Doch über Obermeiers Reaktion damals mussten andere entscheiden.

Obermeier schlich durch die Bürotür hinaus. Er wankte ein wenig, wohl auch wegen der langen Nachwirkungen des Beruhigungsmittels. So einen Abgang, dachte Michael traurig, hatte der Alte nicht verdient.

Ohne sie wirklich zu lesen, unterschrieb er ein paar Protokolle, die die Kommissarin nach seiner Vernehmung hatte anfertigen lassen.

„Erholen Sie sich gut“, riet sie Michael.

„Werde ich.“

„Und sagen Sie Frau Linden, dass ich ihre außergewöhnliche Aktion zwar nicht gutheiße, ich sie aber im Rahmen meiner Möglichkeiten bei der Bewältigung der rechtlichen Probleme, die sie dadurch bekommt, wohlwollend unterstütze.“

Michael fragte sich, ob alle aus Sachsen stammenden Kommissare so geschwollen daherreden würden.

„Mach ich“, blieb er kurz angebunden. Er stand schon halb auf dem Flur, als er die Stimme der Kommissarin noch einmal hörte.

„Warthens!“

Er drehte sich kurz zu ihr um. Sie stand in ihrer vollen Größe hinter dem Schreibtisch und nickte ihm zu.

„Danke“, sagte sie kurz und bündig.

Geht doch, dachte Michael.

45. Schmalziges

Michael traf Conny an der Präsidiums-Pforte. Sie hatte ihre Aussagen zur Anzeige der Frostkost-Firma überstanden. Es schien einiges Unangenehme auf sie zuzukommen. Bei ihrer Befreiungsaktion hatte sie agiert wie ferngesteuert, ohne über irgendwelche Folgen nachzudenken. Aber sie wusste genau, dass sie es in einer ähnlichen Situation wieder machen würde.

„Wollen wir auf einen Kaffee ins Café Weth gehen?", fragte Michael sie.

„Ein anderes Mal gern. Aber ich habe Berti versprochen, sie gleich nach unseren Terminen hier zu besuchen."

„Neugierig ist sie halt", stellte Michael klar.

Conny nahm sie in Schutz: „Du, die ist voll tapfer! Wenn sie nicht dabei gewesen wäre … Also Respekt vor deiner alten Tante."

„Eine zähe Berghex' halt. Die haut so schnell nichts um."

„Dich aber auch nicht!"

Michael kam aus dem Staunen nicht mehr heraus. Connys Stirnpflaster und die im Klinikum angelegten Verbände um ihre Ellenbogen zeigten ihm, welch Kamikaze-Unternehmen sie für ihn riskiert hatte. Schon gestern im Klinikum hatte er ihr überschwänglich für ihren Mut gedankt. Da war er noch ein wenig rammdösig gewesen, deppert im Kopf, wie er es ausgedrückt hatte.

„Weißt, also du und Berti, ich hätte nie gedacht, dass ihr euch mal verstehen würdet. Und dann startet ihr zusammen gleich so etwas Verrücktes! Du weißt schon, dass ich mir für dich und Berti als riesiges Dankeschön was ganz Besonderes einfallen lasse!"

Conny nahm seine Hand.

„Passt. Ein Tandemflug von der Hochries wäre mal wieder schön."

„Tante Berti tät sich schön bedanken", lachte er bei dem Gedanken, was seine alte Tante wohl zu so einer Einladung sagen würde.

Als Sennerin konnte sie Drachen- und Gleitschirmflieger, die angeblich das Jungvieh auf den Almen verrückt machten, sowieso nicht leiden.

„Aber wir zwei werden das ohnehin wieder machen, Conny. Nein, irgendwas Besonderes soll's sein."

„Meinst das jetzt ernst?"

„Freilich."

Sie hielt noch immer seine Hand und drückte nun kräftiger zu.

„Wie wär es mit einem Wellness-Wochenende in einem schönen Hotel?", schlug Conny vor. „Und du kommst mit. Dann kannst auch du dich richtig erholen von den Strapazen."

Michael schluckte, als er Connys schelmischen Blick auffing. Der Vorschlag gefiel ihm. Vielleicht hatte er dann Zeit und Ruhe, darüber nachzudenken, ob er als Detektiv weitermachen sollte. Er hatte Glück gehabt in diesem Fall. Aber was, wenn er wieder in eine lebensgefährliche Situation kam! Außerdem ging Hauptkommissar Obermeier nun wirklich in Pension. Wie sollte das werden ohne ihn? Er brauchte Bedenkzeit.

„Okay."

„Und Berti?" Conny kniff ihm sanft ihre Nägel in die Handfläche.

„Von mir aus."

Michaels Smart war wegen zu sichernder Spuren von der Polizei auf deren Parkplatz am Präsidium abgeschleppt worden und noch nicht freigegeben. Conny war seit vorgestern, Mittwoch, ihr Auto endgültig los. Also fuhren sie mit einem Taxi zu Berti.

Kurz darauf saßen sie in nachdenklicher Runde um Bertis Tisch in ihrer Wohnküche. Michaels Tante hatte wegen des nahenden Faschingsausklangs Schmalznudeln gebacken. Morgen war schließlich *Schmalziger Samstag*. Berti legte Wert auf alte Bräuche, auch und besonders nach all der Aufregung.

Sie siebte Puderzucker über die braunen Kringel. „Wennst dich am gestrigen Weiberfasching schon unbedingt ins Krankenhaus hast legen müssen, dass wir nix davon gehabt haben, dann esst wenigstens was G'scheites."

Herzhaft biss Michael in seine noch warme Aus'zogne. Entzückt bemerkte er, dass die Schmalznudel schmeckte wie Schmalznudel. Sein Geschmackssinn war genau im richtigen Moment zurückgekehrt. Nur der Geruch der Salbe auf seiner Gesichtshaut störte ein bisschen.

„Das stinkt, das Zeug."

„Musst halt ein Mankei-Fett drauf tun", riet ihm Berti.

Conny sah Michael fragend an.

„Was ist jetzt das schon wieder?"

„Murmeltierfett", übersetzte Michael und biss gleich noch einmal in seine Schmalznudel. „Darauf schwören die Sennerinnen. Ist aber eher was gegen Gelenkschmerzen."

„Wir nehmen das für alles her", protestierte Berti, „und als Kind haben wir das sogar zum Einnehmen gekriegt. Hat scheußlich g'schmeckt. Wie Lebertran."

Sie suchte in der Kommode nach der Dose mit dem Fett.

Michael schüttelte schmunzelnd den Kopf. Mit vollem Mund unterrichtete er Conny über seine Kraftfahrzeug-Kenntnisse.

„Übrigens hat das mit deinem Wagen nur funktioniert, weil die Kupplung noch nicht ganz im Arsch ist. Sonst wär er gleich gar nicht losgeflitzt."

Conny lächelte.

„Da siehst du mal, wozu so eine alte Karre gut ist! Und mein Fingerspitzengefühl!"

„Na, wenigstens hat sich der Motor selbst abgewürgt, als der Wagen vom Tor gestoppt wurde. Der Wagenheber ist gewiss beim Aufprall vom Pedal gerutscht. Ich glaube, ich saß höchstens zwanzig Meter direkt gegenüber!"

„Oh", machte Berti und stellte die Dose mit dem Murmeltierfett auf den Tisch, „mein Lieber, das hätt' aber schon blöd ausgehen können."

Conny nahm sich eine Schmalznudel und betrachtete die riesige Scheibe, als wäre sie ein Mini-UFO und sie wüsste nicht, wo sie zuerst hineinbeißen sollte.

„Meine Haftpflicht-Versicherungen zahlen übrigens nicht. Und eine Anzeige wegen Sachbeschädigung und Hausfriedensbruch hat der Herr Schmid von der *Kühltruhe* erstattet. Aber ist schließlich egal. Wichtig ist doch, dass du gesund dabei rausgekommen bist, Mike."

„Ja. Und tiefgekühlt. Vielleicht bin ich jetzt ja länger haltbar", scherzte Michael.

Berti schlug den Vorhang am Fenster zurück.

„Apropos gekühlt: schaut mal raus."

Dicke Flocken wirbelten draußen herab. Sie tanzten vor dem Fenster, schnellten vom Wind getrieben an die warme Scheibe und liefen zu Tropfen geschmolzen an ihr herab.

„Das hätt 's jetzt auch nicht mehr braucht", seufzte Michael.

Berti und Conny waren einer Meinung: „Aber schön is'."

ENDE

NACHTRAG:

Die *Landesgartenschau Bayern 2010 in Rosenheim* war eine beliebte und erfolgreiche Veranstaltung, die bis heute nachhaltig Teile des Stadtbilds prägt.

1.040.000 Menschen besuchten im Sommer 2010 die Anlagen am *Innspitz*, im *Mangfallpark-Nord* und *-Süd*, sowie die Kleingärten am *Mühlbachbogen*. Die Mangfallpark-Anlagen sind jetzt viel genutzte Freizeitgelände. Im südlichen Mangfallpark finden, als Nachwirkung gewissermaßen, jährlich *Sommerfestivals* mit vielen bekannten Stars der Musikszene statt. Die Kleingartenausstellung am *Mühlbachbogen* musste inzwischen Wohn- und Büroanlagen weichen.

Auf manchen Wegen der Innenstadt kann man noch die aufgemalten gelben Blumenmuster erkennen, die als Wegweiser zu den Gartenschaugeländen führten. Allmählich verblassen sie freilich.

Obwohl zahlreiche Stationen, Pavillons und Info-Stände die Schau mitprägten und lebendig machten, existierte der besagte *Pavillon der vier Elemente* nur in diesem Roman. (Der Kiosk daneben natürlich ebenso.)

Für interessierte Rosenheim-Besucher (und selbstverständlich Einheimische): Im Internet finden sich nach wie vor einige Seiten zur LGS-Rosenheim 2010.

http://landesgartenschau.bayern-online.de/archiv/rosenheim-2010/

Rezepte

Bertis Apfelstrudel

Teig:

* 250g Mehl
* Ein Ei
* 1/8 l warmes Wasser
* Prise Salz
* Ein El Öl (Sonnenblumen- oder Rapsöl)
* Füllung:
* 50-70 g Rosinen (Bayrisch: Weinberl)
* Sauerrahm + etwas Butter
* 5 EL Semmelbrösel
* Äpfel, ca. 5-7 Stück
* Drei EL Rum
* 100g Zucker
* 150g süßer Quark (Topfen)
* Eine Prise Zimt
* 60g gemahlene Haselnüsse
* 1/4l Milch / ein bis zwei Eier

Rosinen (Weinberl) im Rum ertränken und einweichen.
Eine Mulde ins Mehl drücken und alle Zutaten hineingeben. (Raumtemperatur für die Teigzutaten ist am besten.) Mit den Händen kneten, bis der Teig glatt und geschmeidig ist. Kann bis zu einer Viertelstunde dauern. Den Teigballen in zwei Hälften teilen, mit etwas Öl bestreichen und ca. eine halbe Stunde zugedeckt ruhen lassen. Danach jeweils auf einem bemehlten Tuch ausrollen und mit den Händen hauchdünn ausziehen.
Ausgerollten Teig mit etwas Sauerrahm bestreichen und mit Semmelbröseln bestreuen.
Quark (Topfen) ebenfalls auf den Teig streichen. Äpfel fein schneiden und mit Zimt, Zucker, eingeweichten Weinberln und Nüssen mischen und auf dem Teig verteilen, den Rand aber gut freilassen. Die Seiten einklappen. Strudel mit dem Tuch aufrollen. Die zwei Strudel in eine gefettete Kasserolle geben. Mit geschmolzener Butter bestreichen und bei 200°C etwa 40 (+/-) Minuten backen.
(Milch mit Ei verquirlen.) Nach ca. einer halben Stunde Backzeit den Strudel mit dem Viertelliter (nach Gefühl ev. etwas weniger) Eiermilch übergießen und zu Ende backen, bis die Milch aufgesogen ist. Puderzucker drüber.
Mit Vanillesoße oder Vanilleeis = 

... und hier noch eine Anregung für Blumenfreunde:
(Anfänglich wurde dieses kleine aber feine Rezept ausschließlich handschriftlich weitergegeben!)

Rosenbowle

(f. mind.!) 2 Personen (Mengen können natürlich auch halbiert werden.)

* 16-20 stark duftende, (ungespritzte) Rosenblätter und -blüten
* 100 g Zucker
* Salz
* 1,5 l Weißwein
* 1,5 l Rotwein
* 2 Flaschen Sekt
* 8-10 cl Cognac

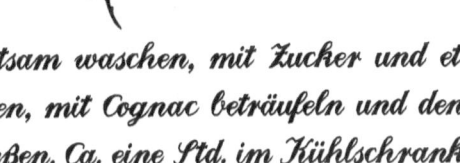

Rosenblätter achtsam waschen, mit Zucker und etwas Salz bestreuen, mit Cognac beträufeln und den Rotwein dazu gießen. Ca. eine Std. im Kühlschrank ziehen lassen.
Durchsieben, mit dem gekühltem Weißwein und dem Sekt auffüllen.
Zum Schluss ein paar frisch von den übrigen Blüten abgezupfte, gewaschene Rosenblätter auf der Bowle schwimmen lassen.

Über Peter Brand

Peter Brand, 1958 geboren, wuchs in Rosenheim auf und ist Angestellter der Stadtwerke Rosenheim.

Zahlreiche Kurzgeschichten Peter Brands wurden in Anthologien und Literaturzeitschriften veröffentlicht. 2008 errang er den Literaturpreis der Stadt Taucha/Leipzig. International konnte er mit Texten in den *Anthologien Spuren/Traços*, sowie *Zugvögel in Portugal* überzeugen.

Leichenschatten ist sein dritter Kriminalroman mit dem Rosenheimer Privatdetektiv Michael Warthens. Bisher erschienen im Wieken-Verlag *Der Schwan ist tot* und *Ad Enum – Unter blutiger Erde.*

Der Schwan ist tot

ISBN Buchhandel 978-3-943621-28-0
ISBN Amazon 978-3-943621-23-5
ISBN E-Book Kindle 978-3-943621-24-2
ISBN E-Book EPUB 978-3-943621-25-9

Lesen Sie hier, was in *Der Schwan ist tot* passiert http://bit.ly/1K4uJkU

Dort finden Sie auch eine Leseprobe http://bit.ly/1FpP5UP

Ad Enum -Unter blutiger Erde

ISBN Buchhandel 978-3-943621-43-3
ISBN Amazon 978-3-943621-44-0
ISBN E-Book Kindle 978-3-943621-46-4
ISBN E-Book EPUB 978-3-943621-45-7

Lesen Sie hier, was in *Ad Enum – Unter blutiger Erde* passiert http://bit.ly/1QUeutT

Dort finden Sie auch eine Leseprobe: http://bit.ly/1VAVpyb

Weitere Bücher und Dienstleistungen des Wieken-Verlag finden Sie auf der Internetseite des Verlags http://www.wieken-verlag.de

www.ingramcontent.com/pod-product-compliance
Lightning Source LLC
Chambersburg PA
CBHW050840180626
46814CB00007B/2552